Mundos separados

Lindsay Armstrong

Bianca™

HARLEQUIN™

Editado por HARLEQUIN IBÉRICA, S.A.
Núñez de Balboa, 56
28001 Madrid

I.S.B.N.: 978-84-671-6614-9
Depósito legal: B-40753-2008
Editor responsable: Luis Pugni
Preimpresión y fotomecánica: M.T. Color & Diseño, S.L.
C/. Colquide, 6 portal 2 - 3º H. 28230 Las Rozas (Madrid)
Impresión y encuadernación: LITOGRAFÍA ROSÉS, S.A.
C/. Energía, 11. 08850 Gavá (Barcelona)
Imagen de cubierta: VGSTUDIO / DREAMSTIME.COM
Fecha impresion para Argentina: 11.5.09
Distribuidor exclusivo para España: LOGISTA
Distribuidor para México: CODIPLYRSA
Distribuidores para Argentina: interior, BERTRAN, S.A.C. Vélez
Sársfield, 1950. Cap. Fed./ Buenos Aires y Gran Buenos Aires,
VACCARO SÁNCHEZ y Cía, S.A.
Distribuidor para Chile: DISTRIBUIDORA ALFA, S.A.

Capítulo 1

S IENNA Torrance hizo su bolsa y se preparó para despedirse otro día más de su paciente, pero Finn McLeod se quedó mirándola con sus disgustados ojos azules.

Los dos llevaban conjuntos de deporte que se adaptaban a sus cuerpos y estaban empapados en sudor. Pero, mientras ella se agachaba con agilidad para cerrar su bolsa y se levantaba moviendo su coleta rubia, él estaba confinado en una silla de ruedas.

Aunque eso no era del todo cierto. En sus mejores días desde que un accidente de tráfico lesionara gravemente su pierna izquierda, podía andar con ayuda de un bastón. Pero Sienna, su fisioterapeuta, siempre insistía en la conveniencia de que usara la silla de ruedas después de cada sesión con ella. Incluso lo llevaba así desde su gimnasio privado hasta su casa, donde lo dejaba al cuidado de Dave, su enfermero. No entendía por qué era tan importante para Sienna, la silla de ruedas funcionaba con un motor independiente y no era necesario para ella empujarla hasta la casa.

Tampoco creía necesitar ya un enfermero, pero Dave también era un masajista profesional y hacía las veces de chófer desde el accidente.

–Pasa y toma algo –le sugirió él de manera brusca cuando ella empezó a empujar su silla hacia la casa.

–No, gracias, Finn –repuso ella con su sensual y ligeramente ronca voz–. Tengo que irme.

–¿Adónde? ¿Tienes que atender a otro paciente? Son casi las seis. ¿O es que has quedado con tu novio?

Sienna dudó un momento antes de contestarle.

–No, no es eso. Pero ha sido un día muy largo.

–¿Acaso tienes algo en contra de entablar una amistad conmigo?

Sienna hizo una mueca al escuchar sus palabras. Se concentró en bajar la silla por una rampa y girar al entrar en un camino que dividía una extensa y cuidada pradera llena de arbustos con flores. Aquel jardín estaba lleno de vida. Había abejas, pájaros y mariposas por todas partes.

Pensó mientras llevaba a Finn McLeod a la casa que no conocía una finca más bonita que ésa de Eastwood. La casa tenía un precioso y ancho porche, tejados muy inclinados y contraventanas de madera. Estaba construida en piedra color miel y el tejado era verde oscuro. La casa disfrutaba además de maravillosas vistas. Desde sus ventanales se podía ver hasta el río Brisbane.

–No acostumbro a entablar amistad con mis pacientes –repuso ella con cuidado–. No es nada personal –añadió deprisa–. Pero es que tengo mucho que hacer, eso es todo.

–Si no entras a tomar algo y charlar un rato, encenderé el motor de la silla de ruedas y la llevaré hasta el río –contestó Finn McLeod a modo de amenaza.

Dejó de empujar la silla y enganchó el freno.

–Finn, no seas tonto –le dijo con un suspiro de frustración–. Sé que esto debe de ser difícil, pero vas muy bien. No sabes lo orgullosa que estoy de tus progresos. Ya verás como te recuperas pronto.

Era cierto. Admiraba a Finn McLeod por su perseverancia y su fuerza de voluntad. Se estaba esforzando mucho por recuperar la movilidad después de que un trágico accidente de coche se llevara por delante la vida de su prometida.

No solía ver a menudo ese tipo de constancia, pero Finn hacía siempre los ejercicios que le mandaba, aunque tuviera que sufrir para terminarlos. Lo había visto muchas veces con los nudillos blancos por el esfuerzo y mordiéndose con fuerza el labio inferior para soportar mejor el dolor.

Tampoco se le había pasado por alto lo atractivo que era, aunque no siempre era fácil estar en su presencia. Cambiaba constantemente de humor y a veces era muy rudo e indisciplinado.

Pero no dejaba que nada de eso la afectara. Estaba convencida de que tenía la capacidad de ser completamente indiferente a los hombres.

–¿Que no sea tonto? –repitió él–. Tengo una proposición profesional para usted, señorita Torrance, así que no sé por qué me tiene que insultar así.

Miró su cabeza. Su pelo oscuro estaba despeinado y húmedo tras el esfuerzo.

–¿Qué tipo de proposición profesional podrías tener para mí? –le preguntó con el ceño fruncido.

–Vas a tener que entrar conmigo en la casa si quieres que te lo cuente.

Aquello le molestaba mucho. Había tenido que rechazar las proposiciones de hombres durante toda su carrera profesional. Normalmente conseguía hacerlo con una contestación rápida y jocosa que le dejara claro a la otra persona que no estaba interesada. Pero ese tipo de conducta era lo último que se habría esperado de Finn McLeod.

–Dímelo ahora, Finn. Y después seré yo quien decida si quiero entrar o no –repuso ella con firmeza.

Vio como levantaba los hombros. Imaginó que estaría riéndose por dentro.

Algunos minutos más tarde, Sienna estaba sentada en el porche con un refresco frente a ella y él sostenía la fresca cerveza con la que llevaba horas soñando. También tenían un cuenco con aceitunas y otro con frutos secos.

Todo lo había servido un hombre de mediana edad que Finn le había presentado en ese momento. Era Walt, el mayordomo de la casa, pero ya los había dejado solos.

–A ver si lo he entendido bien –le dijo ella–. ¿Quieres que me vaya contigo hacia el oeste para continuar el tratamiento de tu lesión en un puesto de ganado?

–Sí –repuso él tomando un sorbo de su cerveza.

–Pero ¿por qué tienes que ir a un sitio como ése, tan lejos de aquí?

Finn la miró a los ojos.

–Me estoy volviendo loco aquí encerrado. Necesito cambiar de aires. Yo nací en esa zona del país y me gusta mucho.

–Pero ¿no te das cuenta de que sólo paso un par de horas al día contigo? Creo que me volvería loca si tuviera que estar en un puesto de ganado varias semanas. Seguro que allí no tienes nada de lo que necesitamos para continuar tu rehabilitación. Además, estarías muy lejos de tu médico. Necesitas visitarlo a menudo.

Finn se encogió de hombros.

–Tengo su aprobación para hacer esto. Además, si es necesario siempre puedo encargarme de que lo lleven en avión hasta allí. Lo mismo con el equipo de rehabilitación. Ya existe allí un gimnasio y una piscina.

Se dejó caer sobre el respaldo de la silla y probó el

primer sorbo de su refresco. Era delicioso, una mezcla de mango y naranja con un toque de menta. Pero la dulce bebida no reflejaba su estado de ánimo en ese instante.

La familia McLeod, de la que Finn era en la actualidad la cabeza visible, era muy rica e importante en la zona. Habían hecho su fortuna con cabezas de ganado, pero sus negocios se habían diversificado mucho desde entonces. Todo el mundo había oído hablar de esa familia.

Los padres de Finn se habían divorciado y su padre, Michael McLeod, volvió después a casarse. La nueva señora McLeod, Laura, le había dado un hijo que era ocho años más joven que Finn y se llamaba Declan. La gente decía que la primera esposa de McLeod nunca había llegado a recuperarse del divorcio.

Algunos años más tarde, Michael y Laura McLeod se mataron en un accidente de avión. A los mandos del aparato había ido Bradley, hermano de Michael y tío de Finn, que también murió en el accidente.

Alice, la tía de Finn y Declan, había sido la encargada de criar a los niños desde entonces.

Era una familia llena de peculiaridades y rodeada de riqueza, pero con un trágico pasado al que se acababa de añadir el accidente de coche sufrido por Finn y su prometida. Un conductor borracho había embestido contra ellos. La joven salió disparada del vehículo y murió al instante, Finn se quedó atrapado en el coche y se hirió la pierna. A pesar de todas las desgracias, no podía evitar que le fastidiase la actitud de Finn McLeod. Sentía que ese hombre tenía la capacidad de agitar su varita mágica y conseguir todo lo que se propusiera. Y lo peor era ver que esperaba que todos le dieran la razón.

–Lo siento, pero... –empezó a decir ella.

–En cuanto a tu tiempo libre, me he enterado de que

en el hospital Augathella les encantaría tener a una fisioterapeuta más durante unas semanas –la interrumpió Finn.

No podía creer lo que le estaba contando.

–¿Cómo lo sabes?

Finn levantó una ceja con expresión irónica.

–Bueno, los llamé para ver si iban a necesitar a alguien. Ese centro no está lejos de Waterford.

Reconoció el nombre. Waterford era el principal puesto de ganado del imperio McLeod. No podía creer lo que le estaba contando ese hombre.

–Pero tengo un trabajo, ¿lo sabías? Tengo un contrato con una clínica, no creo que les gustara la idea de que desapareciera sin más durante algunas semanas. Y tengo más pacientes.

–A tu jefe no le importa que lo hagas.

Dejó el vaso sobre la mesa con más fuerza de la necesaria.

–Espera un momento, Finn, ¿no crees que has ido demasiado lejos? ¿Cómo te atreves a hacer todo esto a mis espaldas?

La miró mientras se encogía de hombros.

–Pensé que convenía arreglar unos cuantos asuntos para que no tuvieras ningún problema y pudieras aceptar.

–¡Puede que así sea como haces tú tus negocios, pero...!

–Es así –la interrumpió Finn–. Y no sabes el éxito que tengo en ese ámbito. Mira, la verdad es que te va a venir muy bien y mejorará tu prestigio. Cuando se lo comenté a tu jefe, me dijo que estás haciéndote con un buen nombre en el mundo de la rehabilitación de pacientes que han sufrido accidentes. Le dije que no podía estar más de acuerdo con él y que habías conseguido mucho en poco tiempo conmigo. Por eso es por lo que quiero que seas tú la que sigas encargándote de mi caso.

–¿Que esto mejorará mi prestigio? –repuso ella atónita–. Yo creo que es todo lo contrario. Siento que me estás utilizando. Lo siento mucho, pero no voy a hacerlo.

–¿Por qué?

Se quedó mirándolo unos instantes. Su pelo oscuro y brillante seguía algo despeinado y tenía algunas sombras azuladas en la mandíbula. Sus labios estaban muy bien definidos y tenía una barbilla fuerte. Era el tipo de rostro que no se olvidaba fácilmente. Pensó que a ella le costaría hacerlo, sobre todo porque se acompañaba de un cuerpo también memorable. Finn McLeod era un hombre alto, de anchos hombros y estrechas caderas. Sus piernas eran largas y fuertes y lo que más estaba ayudando en su rehabilitación era el hecho de que se hubiera encontrado en plena forma cuando ocurrió el accidente.

Trató de pensar en por qué no quería ir con él y qué argumentos usar para convencerlo de que no era una buena idea. Finn era el tipo de hombre que podía volver locas a muchas mujeres, pero ella no tenía ese problema. Decidió que no debía preocuparse por cuáles eran los verdaderos motivos de Finn; a ella le habían enseñado muy bien que era mala idea implicarse con un paciente de otra manera distinta a la meramente profesional.

No entendía cómo veía Finn las cosas. No sabía si creía de verdad que la necesitaba como fisioterapeuta o si simplemente quería tenerla a ella porque estaba acostumbrado a conseguir siempre sus deseos.

–Finn, cualquier fisioterapeuta podría haber conseguido lo mismo que he logrado yo contigo –le dijo ella con cuidado y eligiendo bien las palabras–. De hecho, no lo he hecho yo, lo has conseguido tú. Lo importante para el éxito del tratamiento es tu fuerza de voluntad, eso no tiene nada que ver conmigo.

–¿Es que temes que me haya enamorado de ti? –le preguntó Finn de repente.

Sus palabras la dejaron sin aliento. Después, lo miró con suspicacia.

–¿Es así?

–No –repuso Finn dejando su jarra de cerveza sobre la mesa y estirándose–. Cuando has tenido lo mejor, y con esto no pretendo insultarte, y lo has perdido, no esperas volver a tener nunca esa suerte.

Se quedó mirándolo con el ceño fruncido. No le había extrañado que se refiriera a su prometida en esos términos. Holly Pearson había sido una mujer increíble y no sólo por su belleza y su físico. Había conseguido atraer la atención de todo el público australiano como presentadora de la información meteorológica en una cadena de televisión. Desde allí había pasado a estar al frente de programas de entrevistas y se había convertido en una de las caras más conocidas de ese medio. A todos les gustaba por su sentido del humor y por su cercanía.

Lo que le había extrañado de las palabras de Finn era un tono que no solía usar, algo desconocido en su voz, una amargura que no sabía si la había causado la tremenda pérdida o algo más. Lo pensó mejor y se dio cuenta de que tenía que ser dolor, nada más.

–¿Y tú? –le preguntó él entonces.

–¿Yo, qué?

–¿Estás enamorándote de mí?

Su pregunta la dejó perpleja.

–¿Te he dado alguna indicación que te haga pensar que es así, Finn McLeod?

–Todo lo contrario –repuso él con una mueca–. Aunque eso no contesta mi pregunta, pero lo dejaré estar. En fin, ¿qué problema tienes entonces?

–No me gusta que me manipulen –le dijo mientras

lo fulminaba con la mirada–. Y tampoco que pienses que puedo dejar toda mi vida de un día para otro y...

–Una semana –la interrumpió él.

–Pero...

–Piénsalo bien, Sienna. Y ya me contestarás mañana.

Abrió la boca para protestar, pero se lo pensó mejor y no dijo nada. Se terminó la bebida y se levantó.

–Muy bien, pero no creo que vaya a cambiar de opinión. Ahora deberías ir a darte una ducha y a cambiarte de ropa. Avisaré a Dave.

–Sí, señora –replicó él con tono manso y dócil.

Pero los ojos de Finn estaban llenos de sarcasmo y humor.

Se dio media vuelta y se alejó de él.

Se paró a comprar fruta y verdura de vuelta a casa.

Su piso era pequeño, pero muy agradable. Estaba en un edificio de dos plantas en el barrio residencial de Red Hill, al norte de la ciudad.

Tenía frescos suelos de cerámica, paredes blancas y todas las comodidades, pero su sitio favorito era el balcón desde el que contemplaba una hermosa vista de la ciudad. Tenía allí una mesa, sillas y algunas macetas con flores y hierbas aromáticas. Le encantaba plantar cosas y ver como crecían.

La decoración era bastante sencilla en el resto del piso. Tenía un cómodo sofá en tonos crema y dos sillas de bambú con mesitas auxiliares a su lado. En una de sus paredes blancas había colgado un gran cuadro en el que se veía a una niña paseando por la playa durante un atardecer. El mar a su lado estaba en calma y proporcionaba paz al que lo contemplaba.

En el armarito del televisor había colocado una

urna de plata que había encontrado en un mercadillo de Malasia.

En el vestíbulo de la casa, una pintura de elefantes llena de colorido recibía a sus visitas. Había sido un recuerdo de su viaje a Tailandia.

La alfombra en tonos granates y verdes la había comprado en Turquía.

Mirando su piso, estaba satisfecha con lo que había conseguido. Creía que no estaba nada mal para una chica que había llegado sólo dos años antes a Brisbane después de pasar por una de las épocas más traumáticas de su vida.

Tenía veintiséis años y ya llevaba cuatro de experiencia como fisioterapeuta y, tal y como había señalado Finn McLeod, empezaba a hacerse un nombre en la rehabilitación de personas que habían sufrido accidentes.

Pensaba que parte de su prestigio lo había ganado porque le encantaba su trabajo. Por otro lado, se entregaba por completo a sus pacientes y siempre daba el máximo. Trabajaba de forma discreta y eficaz.

Hacía mucho que no pensaba en por qué ella era de esa manera. Tenía una buena vida, podía permitirse ir de viaje al extranjero y disfrutar de su tiempo libre haciendo las cosas que le gustaban. Le encantaba jugar al golf, ir al cine y cocinar, incluso era miembro de una asociación gastronómica. No tenía demasiada vida social, pero sí un pequeño grupo de amigos al que veía de forma regular.

Le pareció muy irónico que toda su agradable vida se viniera abajo el mismo día que Finn McLeod le había hecho su proposición de trabajo.

Sostuvo como pudo las bolsas de la compra y el correo que acababa de sacar de su buzón mientras abría la puerta de su piso con las llaves.

Entró y se le cayeron las cartas. Las dejó allí hasta que

guardó la comida que había comprado. Después, se preparó una taza de té. Fue entonces cuando recogió el correo y le echó un vistazo mientras se sentaba en el sofá.

Le llamó la atención un elegante sobre que destacaba por encima de los demás. Era de color crema y el matasellos era de Melbourne. Se le hundió el corazón al verlo. Reconoció la letra de su hermana y supo que era una invitación de boda.

Abrió el sobre y eso fue lo que salió. Había una tarjeta blanca con adornos plateados y al lado una nota escrita a mano. La tarjeta tenía los nombres de Dakota y James rodeados de campanas de boda.

Leyó entonces la nota.

Sienna, por fin hemos decidido hacerlo. Por tu propio bien, intenté que no ocurriera, créeme lo que te digo, pero lo que hay entre James y yo no ha desaparecido. Sé que te aviso con poco tiempo, pero me siento como si llevara una eternidad posponiéndolo y sufriendo para darte esta noticia. Por favor, ¿puedes alegrarte por nosotros dos? Y, lo que es más importante, ¿podrías venir a nuestra boda? Hazlo no sólo por mí, también por nuestros padres. Esto les está afectando mucho.

Tu hermana, que te quiere,
Dakota

Dejó que la nota cayera sobre la mesa de centro y, a pesar de lo que acababa de saber, no pudo evitar sonreír una vez más al pensar en los nombres que sus padres les habían dado, Dakota y Sienna. Sus padres habían sido *hippies* que habían viajado por el mundo durante años y no les pareció extraño ponerles a sus hijas los nombres de las ciudades donde cada una de ellas había sido concebida.

Pero las cosas habían cambiado mucho desde entonces. Sus progenitores se habían convertido en pilares de la alta sociedad de Melbourne y se imaginó que estarían organizando una gran boda para su hija pequeña.

Tomó entre sus manos la tarjeta una vez más y miró la fecha y dónde se iba a celebrar. El sitio le confirmó que iba a ser una gran boda, tal y como se había imaginado. Después de todo, James Haig también pertenecía a una buena familia. Era corredor de Bolsa de una prestigiosa firma.

Pero no era en todo eso en lo que pensaba en esos instantes, sino en lo que había cambiado su vida. Ella misma había estado prometida también con James Haig cuando su hermana Dakota volvió a casa después de pasarse un año en el extranjero. Y su novio se enamoró perdidamente de ella en cuanto la vio.

Cerró los ojos y se apoyó en el respaldo del sofá. Lo último que quería era tener que pasar por una situación tan incómoda una vez más. Nunca había podido librarse de las preguntas. Le hubiera gustado saber si James había llegado a quererla o si era sólo cariño lo que había sentido por ella. Llevaba mucho tiempo enfadada con su hermana, quien parecía no poder evitar ser bella y encantadora.

Y, para colmo de males, Dakota era más joven. No sabía por qué, pero eso la mortificaba y hacía que se sintiera aún más humillada. Además de todo por lo que tenía que haber pasado, la humillación de que la dejaran por su hermana y el hecho de que había estado a punto de casarse con un hombre que no la quería, tenía que soportar ser la hermana mayor. Todo eso hacía que se sintiera como una vieja solterona.

Las lágrimas empezaron a correr por sus mejillas sin que pudiera hacer nada para evitarlo. Había tenido el valor de darles su bendición y apartarse de todo lo que estaba pasando. Fue entonces cuando decidió irse a una especie de exilio que había sido doloroso para su hermana y también para sus padres, pero en ese momento le había parecido la única solución. Lo que le parecía increíble era que esperaran que acudiera a la boda.

Sonó en ese instante su teléfono móvil. Miró el número en la pantalla, era su madre. Debería haberse imaginado que la llamaría. Le tentó la idea de no contestar, pero terminó por descolgar. Sabía que no tenía sentido postergar lo inevitable. Tarde o temprano, tendría que hablar con ellos.

–Hola, mamá. ¿Qué tal todo? Acabo de recibir la invitación para la boda –le dijo mientras cruzaba los dedos–. Me alegro mucho por Dakota y James, pero...

Se detuvo un segundo y miró de nuevo la fecha impresa en la invitación.

–Por desgracia, voy a estar en un puesto de ganado en el oeste, tengo que ir con un paciente.

Colgó el teléfono diez minutos más tarde con el corazón roto.

Su madre había intentado convencerla para que fuera a la boda y le había dicho que iba a romperle el corazón a su hermana y también a ellos.

Pero ella no podía dejar de pensar en su propio corazón, le daba la impresión de que eso no le importaba a nadie, sólo a ella. Había tenido que enfrentarse a muchos cambios en los últimos años. De no haber sido por su hermana, en esos momentos podía haber estado casada con un hombre, e incluso formando una familia, con un hombre del que se había creído enamorada.

Pero, por otro lado, se sentía muy mal declinando su invitación a la boda. Había mentido a su madre dándole la primera excusa que se le había venido a la cabeza. Porque no tenía intención de irse al oeste con Finn McLeod.

Su móvil sonó de nuevo. Estaba a punto de desconectarlo para no tener que hablar con nadie cuando vio que se trataba de su jefe, Peter Bannister.

Después de todo, tenía que hablar con él, así que decidió aprovechar la ocasión y no retrasar más el momento.

—Hola, Peter —le dijo con más frialdad de la habitual—. ¿Qué tal todo?

—Hola, Sienna. ¿Cómo estás? Mira, quería decirte que me encantaría que fueras con Finn McLeod a Waterford. Te lo pido como un favor personal —contestó su jefe sin darle tiempo a nada.

Cinco minutos más tarde, apagó el móvil y se quedó mirándolo con ganas de ponerse a gritar.

Acababa de enterarse de que Peter Bannister era amigo de la familia McLeod. Había estado de baja, de otro modo, habría sido él mismo quien se ocupara de la rehabilitación de Finn. Cuando volvió al trabajo y vio que ella estaba haciendo buenos progresos con el paciente, decidió que continuara ella el tratamiento hasta el final. Pero se había dado cuenta después de hablar con Finn que empezaba a sentirse algo frustrado. A pesar de que empezaba a ver la luz al final del túnel y que la rehabilitación iba bien, era algo que les pasaba a muchos de sus pacientes después de un tiempo trabajando para recuperarse. Peter le recordó eso y le dijo que parecía necesitar cambiar un poco de aires.

Su jefe le resumió en pocos minutos lo maravilloso que era Waterford. Le dijo que no temiera encontrarse con una cabaña de las que usaban los ganaderos, no era nada así. Por lo visto, tenía incluso un campo de golf de nueve hoyos. Le dijo que Finn había sido un gran aficionado a ese deporte antes del accidente, pero ella ya lo sabía. Hablaba a menudo con él de golf.

Su jefe le recordó que al hospital de Augathella le vendría muy bien contar durante un tiempo con una profesional como ella porque esas zonas menos pobladas del país estaban casi siempre faltas de personal médico.

Peter había terminado diciéndole, con tono humorístico, que nadie como ella podía hacerse cargo de un trabajo así ya que, después de todo, no tenía marido, niños, ni mayores a su cargo. De hecho, ni siquiera tenía mascotas, sólo algunas plantas. Su jefe le dijo que no había nadie en su empresa con tan pocas responsabilidades.

Había tenido que controlarse durante la conversación para no echarse a llorar. Se daba cuenta de que su jefe no podía saber lo que sus palabras podían suponer para ella en ese preciso momento de su vida.

Quería decirle a Peter que no estaba de acuerdo con nada de lo que estaba pasando y que se estaba cansando del poder que tenía Finn McLeod para conseguir siempre sus propósitos, pero consiguió controlarse y no decirle nada.

De hecho, se despidió de su jefe prometiéndole que se lo pensaría mejor.

Se echó en el sofá e intentó decidir qué hacer.

Peter Bannister era una persona demasiado justa y moral como para echarle en cara nada si ella decidía finalmente no aceptar el trabajo, pero le debía mucho, ese hombre se había portado muy bien con ella. Siempre había estado dispuesto a darle consejos profesionales. Su esposa, Melissa, había sido la que le había encontrado ese piso y los dos habían cuidado de ella cuando llegó a Brisbane y hasta que se hizo con su nueva vida. Quería hacerlo por Peter, sentía que no podía negarse, pero...

Por otro lado, pensó que quizás pudiera contentar a

todo el mundo y le dieran permiso para tomarse un fin de semana libre e ir a la boda de su hermana.

El problema era que ella no quería hacer ninguna de las dos cosas.

Le gustaba Finn, aunque no lo conocía demasiado. Ella siempre se protegía con una especie de barrera profesional para mantener las distancias con sus pacientes. En el caso de Finn, no había tenido que preocuparse tanto por eso porque él también tenía sus propias barreras.

Hablaban de golf y de muchas otras cosas. Después de todo, pasaban muchas horas trabajando juntos y había que llenar los silencios de vez en cuando. Ella se preocupaba además por animarlo para que apreciara sus progresos y no se desanimara, pero hacía lo mismo con todos sus pacientes. Su relación con él había sido siempre muy superficial, nunca había tenido que lidiar con la parte de él más terca, la que hacía que quisiera salirse siempre con la suya.

Se dio cuenta de que debería haberse imaginado lo obstinado que era al ver lo deprisa que estaba progresando. No había conocido a nadie igual, con tanta fuerza de voluntad como él.

En cuanto a la boda de su hermana, sabía que no cabía la posibilidad de que acabara por suspenderse ni que James volviera corriendo a su lado. De todos modos, estaba convencida de que nunca lo aceptaría de nuevo.

Aun así, le dolía que ni su madre ni su hermana se dieran cuenta de lo que significaría para ella aparecer en esa boda. La mayor parte de los invitados sabían lo que había pasado y estaba segura de que todo el mundo la miraría con curiosidad. No quería tener que asistir y fingir que nada de eso le importaba, que nada le afectaba ya y que todo lo que quería era que su hermana y James fueran muy felices.

Se imaginó que quizás pensaran que le vendría bien, que le ayudaría verlo para entender que aquello había terminado, que las heridas ya deberían estar curadas.

Recordó que habían sido una familia feliz, pero todo había cambiado. De nada le iba a servir ir a esa boda, no iba a ayudarle a olvidarse de todo y dejarlo en el pasado. Cabía la posibilidad de que sus padres y hermana estuvieran en lo cierto, pero no creía que fuera a ayudarle.

Y lo peor de todo era tener que ir sola, sin un amigo, novio o marido.

Se frotó los ojos con las manos e hizo una mueca divertida cuando una loca idea se le vino a la cabeza, siempre podría alquilar los servicios de un acompañante. Pero no se veía con fuerzas para hacer algo así, ni siquiera sabría dónde encontrar uno que fuera lo suficientemente impresionante como para dejar a todos con la boca abierta. Porque prefería ir sola antes que con alguien que no diera la talla.

De pronto se le vino un nombre a la cabeza. Pero la idea era tan escandalosa que ella misma se sorprendió. No podía hacerlo, era una locura.

Pero a la mañana siguiente, cuando la misma idea apareció de nuevo en su cabeza, se dijo que había tenido que soportar durante demasiado tiempo que la presionaran e incitaran a hacer lo que no quería como para pensar en las consecuencias negativas que todo aquello podía tener para ella. Ésa fue la razón por la que decidió plantearse de verdad esa extravagante idea.

Capítulo 2

HAS LLEGADO ya a una decisión, Sienna?

Estaban en el despacho de Finn en Eastwood. Aún no habían tenido su sesión de ese día. Walt la había acompañado hasta esa sala para que pudiera esperar cómodamente a que llegara Finn, que ese día había aparecido con retraso.

–Tengo que saberlo hoy mismo –continuó él mientras apagaba el teléfono que lo había tenido entretenido bastante tiempo.

Ésas eran las primeras palabras que le decía en todo el día.

Se miraron a los ojos. Ella llevaba puesto uno de sus conjuntos deportivos de licra. Él, en cambio, iba vestido de manera mucho más formal, con pantalones azul marino y camisa blanca de raya diplomática. Tenía todo el aspecto de un poderoso hombre de negocios y no parecía estar de buen humor.

–¿Por qué? ¿No puedo decidirlo más tarde? –contestó ella–. Por cierto, buenos días para ti también. ¿Cómo estás, Finn?

–Lo siento, he sido un maleducado –reconoció Finn–. Es que hoy tengo un día muy complicado.

–Yo también. No puedo compararlo con llevar el peso del imperio McLeod, pero también es difícil.

Finn la miró con sus ojos azules entrecerrados. Pareció darse cuenta entonces de que tenía ojeras y cara de cansada. Después de todo, no había podido dormir en toda la noche.

–¿No te encuentras bien? –le preguntó entonces–. Creo que un tiempo en un puesto de ganado te vendría muy bien para recargar las pilas –añadió–. ¿O es que eres tan urbanita y cómoda que te asusta pasar un tiempo en el campo?

Se fijó en sus ojos; la miraba burlón.

Inspiró profundamente para intentar controlarse. Después le habló con bastante calma.

–No, no me da miedo estar en el campo. Pero tú no eres el único con problemas, Finn. Yo también necesito algo, así que estoy lista para negociar contigo. Iré a Waterford si tú aceptas acompañarme a la boda de mi hermana.

Su primera reacción al ver como Finn abría la boca con incredulidad fue de satisfacción. Estaba segura de que había conseguido sorprenderlo.

Su segunda reacción fue de pánico y se arrepintió de haberle dicho nada.

Finn cerró por fin la boca.

–Creo que será mejor que me lo expliques.

Se ruborizó al instante, se había metido en un buen lío y no sabía qué decirle.

–No... Olvida lo que acabo decirte, Finn, me ha salido sin pensar y...

–No, no quiero olvidarme de ello. Dímelo, Sienna –le ordenó con firmeza.

Tragó saliva mientras rezaba para que se la tragara la tierra.

–Sienna, no voy a dejar de insistir hasta que me cuentes de qué va todo esto –le advirtió Finn al ver que no contestaba.

Frustrada, cerró los ojos. Después exhaló con fuerza y le contó de la manera más aséptica posible lo que pasaba. Consiguió mantener la calma casi hasta el final de la historia, cuando la emoción contenida pudo con ella.

—Sé que no parece lógico, pero el caso es que no quiero mantenerme al margen del resto de mi familia. Quiero que Dakota sea feliz, pero sería aún más humillante después de lo que pasó aparecer en su boda sin pareja, como una patética solterona.

Finn no la había interrumpido mientras le contaba aquello.

—¿Dakota? —dijo por fin mientras ella se sonaba la nariz con un pañuelo.

Su pregunta le hizo sonreír.

—Recuerdo lo afortunadas que nos sentíamos de pequeñas por no haber sido concebidas en Timbuctú o Harare. Podríamos haber acabado con un nombre mucho peor...

—Entiendo —repuso él con una sonrisa antes de ponerse de nuevo serio—. Pero ¿por qué has pensando en mí?

—Bueno, cuando se me ocurrió de repente esta extravagante idea de alquilar un acompañante para la boda, me di cuenta de que tenía que ser alguien realmente impresionante —le dijo ella con algo de embarazo—. En ese momento no se me ocurrió nadie mejor que tú. Pero no pretendía decírtelo y...

No supo cómo seguir.

—¿Por qué crees entonces que me lo has pedido?

Se quedó mirándolo y recordó entonces por qué lo había hecho.

—Finn, has actuado de manera muy despótica en todo este tema. Has hablado con mi jefe a mis espaldas y él me ha llamado y me ha pedido que lo haga como un favor personal. Ahora me encuentro en esta disyuntiva por tu culpa, a mi jefe no puedo decirle que no a nada, se ha portado muy bien conmigo, pero... ¡Hasta has hablado con el hospital de Augathella sin consultarme antes!

Finn la miraba divertido, como si estuviera satisfecho con su conducta.

–Muy bien, puede que para ti no sea nada grave, pero creo que te has comportado como un manipulador y me enfadé porque...

–Iré.

–Pero...

Se quedó unos segundos sin palabras.

–Mira, creo que no era buena idea después de todo. Me pareció justo pedirte algo a cambio y negociar tu oferta, pero ahora creo que no tendría demasiado sentido...

–Sienna, dejemos las cosas claras –la interrumpió Finn entonces–. Si vienes a Waterford, te acompañaré a la boda.

–Pero...

–¡Sienna! –gruñó él.

–De acuerdo. Gracias –repuso algo desencantada–. Harás muy feliz a mi madre.

–¿Por qué? –le preguntó ella de repente una hora más tarde.

Estaban en la piscina haciendo ejercicios de flotación.

Era un típico día caluroso y húmedo, como casi siempre en Brisbane. No acababa de acostumbrarse al clima de esa ciudad, casi tropical, así que era agradable estar dentro de la piscina y en los jardines de Eastwood.

Llevaba puesto un gorro de látex, gafas oscuras y su traje de baño azul marino. Había interrumpido de repente sus instrucciones para hacerle esa pregunta.

Finn, que había estado flotando boca arriba sobre el agua, se dio la vuelta y fue nadando hasta el borde.

–Puede que no quieras saber la respuesta.

–Sí que quiero –insistió ella.

Finn se encogió de hombros. Su torso era ancho, fuerte y musculoso. Destacaban sobre su perfecta piel bronceada las cicatrices del accidente y de las operaciones posteriores en su pierna. Había tenido mucha suerte de que no le quedara ninguna marca en su rostro.

–Me dio la impresión de que estabas pidiendo ayuda.

Hizo una mueca al oír sus palabras.

–Y también parecía que no tenías a nadie más a quien recurrir. No me extraña, después de todo te dejaron por tu hermana pequeña. Pero ya han pasado dos años, ¿no es demasiado tiempo para seguir afectada por eso?

–Puede que tú te estés haciendo la misma pregunta dentro de dos años –repuso ella con calma.

–De acuerdo, lo acepto –contestó él–. De hecho, ya me habían comentado que no tienes responsabilidades personales y que estás decidida a seguir igual, así que no he sido tan despótico como crees.

Se sumergió un segundo bajo el agua y volvió a salir.

–Supongo que te lo diría Peter, ¿verdad?

Finn asintió con la cabeza.

–Si crees que sigo triste y afligida por todo aquello, no es así.

–No, no es así. Todo lo contrario. Siempre me has parecido una mujer inteligente y llena de energía. Pero no he podido evitar preguntarme si te has negado a conocer otros hombres después de lo que te pasó –le dijo Finn con una mirada llena de curiosidad.

–Sí y no –repuso ella–. Supongo que no me preocupa tanto conocer a un hombre que me pueda hacer lo mismo como darme cuenta de que quizás sea yo quien tenga el problema. Después de todo, yo lo elegí a él. Puede que sea mi criterio el que falle –añadió con una sonrisa–. No se puede condenar a todo el género masculino por la conducta de uno de sus miembros, pero a veces me resulta difícil no hacerlo, la verdad.

–Entonces, ¿no te planteas casarte algún día y tener hijos?

Se mordió el labio inferior antes de contestar.

–Sí que me lo planteo. Me encantan los niños. De hecho, estoy muy satisfecha del trabajo que he hecho con algunos que necesitaban rehabilitación. Pero no me imagino enamorándome de nuevo, así que... No sé...

–¿Dónde y cuándo es la boda de tu hermana?

Se lo dijo entonces.

–Tal y como estás progresando, creo que serás bastante móvil para entonces.

–¡Qué suerte la mía! –replicó Finn con amargura.

–Mira, sé que asistir a una boda, después de todo lo que te pasó, será lo último que te apetezca hacer –le dijo ella con un suspiro–. Te lo dije sin pensar y lo siento. Mira, iré a Waterford y tú no tienes que ir a la boda. Lo entiendo.

–Sienna, nunca pensé que fueras una mujer tan indecisa como me estás demostrando hoy –repuso él con buen humor.

–Normalmente no lo soy –le dijo mientras se quitaba el gorro y se lo colocaba de nuevo–. Mi madre me llamó ayer, algo que no hace muy a menudo, y desde entonces estoy desconcertada y no sé lo que hago ni lo que digo.

Finn se echó a reír al escucharla.

–Iré contigo a esa boda.

–¿Estás seguro? –le preguntó con nerviosismo.

–Lo estoy.

Sienna salió de la piscina sin darse cuenta de que Finn no podía dejar de mirarla. Era una mujer muy esbelta y su cuerpo, cubierto de gotas de agua, lo tenía hipnotizado. Se dio la vuelta entonces y puso las manos sobre las caderas.

–Pero...

Al ver que su paciente la estaba mirando con intensidad, se quedó callada y sin poder seguir.

Se fijó entonces en sus pechos, no demasiado grandes, pero perfectos y deliciosos. Después bajó la vista hasta sus tentadoras caderas y no pudo evitar preguntarse cómo sería su espontánea y natural fisioterapeuta en la cama.

–Pero... –comenzó Sienna de nuevo.

Pero tampoco esa vez pudo terminar de decirle lo que pensaba.

Él se esforzó por apartar la vista de su atractivo cuerpo y comenzó a nadar hacia el centro de la piscina.

–Voy a ir a la boda de tu hermana, señorita Torrance –le dijo desde allí–. Y no hay nada más de lo que hablar.

Sienna decidió no llamar esa noche a su madre. Aún no se creía que Finn McLeod fuera a acompañarla a la boda de Dakota y tampoco había decidido si debería dejar que fuera. Así que pensó en esperar un poco más antes de decírselo a su madre.

Pero su madre la llamó desde una línea privada y contestó el teléfono sin saber de quién se trataba.

–Hola, Sienna Torrance al habla –dijo de manera distraída mientras se preparaba pasta para la cena.

–Lo sé, cariño –repuso su madre–. Me temo que he sido un poco mala, te estoy llamando desde un teléfono que no es mío. No quería llamarte desde casa, temía que no quisieras hablar conmigo.

–Mamá... –protestó ella sintiéndose culpable–. Yo nunca haría algo así...

–Sólo quería decirte de nuevo que entiendo que sea difícil para ti venir a la boda. Por favor, no creas que no nos damos cuenta de cómo te sientes y que sólo pensamos en ella. Aunque tienes que saber que tu hermana está muy triste con todo esto...

–Mamá, no pasa nada –la interrumpió entonces–. He conseguido que me den libre ese fin de semana y voy a poder ir. ¿Crees que podría llevar a alguien?

–¿A quién?

–A alguien que...

–¿A un hombre?

–Sí, así es –repuso mientras mezclaba la salsa con la pasta.

–Cariño, ¡claro que puedes! –exclamó entusiasmada su madre–. ¿Quién es? Háblame de él. No sabía nada de esto, pero supongo que es alguien importante si quieres que te acompañe a la boda de tu hermana. ¿Es un buen chico? Bueno, seguro que lo es. ¿Es guapo?

Dejó la cuchara de madera sobre el mostrador de la cocina y cerró los ojos.

–Mamá, sólo somos amigos...

–¿Cómo se llama?

Dudó un segundo.

–Finn McLeod –le dijo de mala gana.

–¿McLeod? ¿De la familia de los McLeod? –repitió atónita.

–Sí, pero escúchame, mamá. No quiero que se lo

digas a nadie. Si lo haces, no iré. Sólo somos amigos, nada más.

–Tu secreto está a salvo conmigo –le prometió su madre con pesar–. Es una noticia fabulosa. ¡Estoy tan contenta por ti! Bueno, cariño, ahora tengo que dejarte, he pedido prestado este móvil y no puedo hablar más. Está pitando y creo que se va a quedar sin batería. Hablaremos pronto...

La voz de su madre se cortó de repente.

Apagó su teléfono y se dio con la cabeza en la pared. No entendía cómo su pacífica y tranquila vida se había convertido en un campo de minas en sólo veinticuatro horas.

Eso era lo que había conseguido por culpa de su orgullo y con la ayuda de alguna mentira.

Se dio cuenta entonces de que se le estaba quemando la pasta. Apagó el fuego y apartó la sartén. Se le había quitado el apetito.

Se sirvió una copa de vino blanco y salió a la terraza.

Empezaba a atardecer y la temperatura era algo más suave, aunque seguía habiendo demasiada humedad. Se fijó en un grupo de ruidosos y coloridos pájaros que se estaban juntando en el árbol que crecía pegado a su edificio.

Miraba los pájaros, pero era otra cosa la que tenía en su mente. Lo quisiera o no, Finn McLeod iba a tener que aceptar que ligaran su nombre al de ella.

Y lo único que podía hacer ella al respecto era tragarse su orgullo y admitirlo cuanto antes. No podía haber más orgullo ni más mentiras.

Fue Walt quien la acompañó una hora más tarde hasta uno de los salones de la casa.

Finn estaba sentado en el sofá viendo un partido de críquet en un gran televisor. Había una cafetera y dos tazas sobre la mesa de centro. Llevaba una camisa blanca de algodón y pantalones color caqui. Se fijó en su bastón, lo tenía apoyado al lado suyo en el sofá.

—Sienna... —dijo al verla.

Su tono no le dejaba claro si se alegraba de verla o todo lo contrario. Le pareció un tono más bien ambiguo e indiferente.

Pero se dio cuenta de que estaba mirándola de arriba abajo.

Se había cambiado de ropa después de llamarlo para decirle que iba a ir a verlo. Llevaba una sedosa blusa amarilla y pantalones vaqueros. Su pelo, liso y largo, lo llevaba normalmente recogido en una coleta para trabajar con más comodidad. Para esa visita, en cambio, se lo había dejado suelto y recogido a un lado con un prendedor plateado.

No pudo evitar mirarse a sí misma al ver que Finn también lo hacía. Temía que hubiera algún problema con su conjunto que se le hubiera pasado por alto. Quizás una mancha o algo desabrochado...

—Es la primera vez que te veo sin tu ropa deportiva o sin bañador. Tienes buen aspecto —le dijo Finn a modo de explicación.

No pudo evitar hacer una mueca al oírlo.

—Lo digo en serio —murmuró entonces.

—Bueno, gracias. Tú, también estás bien —repuso ella algo incómoda—. Mira, Finn, antes que nada quería disculparme por venir a verte, pero es viernes y no quería esperar a verte el lunes en rehabilitación para poder hablar contigo. Tampoco me pareció apropiado comentártelo por teléfono.

—No pasa nada. Siéntate y sirve el café, por favor —le dijo él—. ¿Ha pasado algo?

–Sí, mi madre –repuso ella mientras se sentaba en un sillón cercano al sofá y comenzaba a llenar de café las dos tazas–. Tienes que creerme si te digo que quiero mucho a mi madre, pero esto es lo que ha pasado.

Le explicó la conversación que había tenido esa noche con su madre.

Cuando terminó, Finn levantó una ceja con extrañeza.

–¿Y?

–Bueno, le ha hecho tanta ilusión que le dijera que voy a estar acompañada que está convencida de que tú y yo somos...

Se quedó sin palabras

–¿Amantes? –ofreció él.

–Bueno, no lo sé… Supongo que algo parecido –le dijo ella con mucha incomodidad–. Me prometió no decir nada, pero estaba tan contenta que no creo que pueda mantener el secreto, la verdad.

Finn se incorporó en su asiento y tomó su taza de café, pero la miró divertido antes de probarlo.

–¡Qué maraña hemos tejido! –repuso él–. Y supongo que temes algo más.

–¡Claro! Se trata de ti, las cosas podrían trascender. La prensa podría enterarse de ello. Puede que hablen de ello aunque mi madre no se vaya de la lengua. No entiendo cómo no pensé antes en esto. ¡El hecho de que vayas a esa boda conmigo podría levantar todo tipo de sospechas!

–¡Qué horror! –exclamó él en tono burlón.

Lo miró a los ojos al escucharlo.

–¿Es que no te importa? –le preguntó atónita.

–Hace mucho que no me importa lo que diga la prensa del corazón –le confesó Finn–. Además, ¿no se trataba de eso? ¿De conseguir que tu familia y amigos vieran que no eres una solterona?

–Pero después de lo que te ocurrió... No ha pasado tanto tiempo –le dijo ella–. Me siento muy mal. No podría hacerte algo así.

Finn se quedó mirándola unos instantes.

–Te lo agradezco mucho, Sienna, pero no tienes que preocuparte por mí. Puedo cuidar de mí mismo.

Intentó controlarse, pero no lo consiguió.

–¿Qué es lo que tengo que hacer para conseguir que no vengas a la boda? –le preguntó algo frustrada.

–Habría ayudado que no me lo hubieras pedido. Pero lo hiciste y me parece que es una manera de devolverte el favor después de todo lo que has hecho por mí.

Abrió la boca para hablar, pero no se le ocurrió nada coherente que decir, y volvió a cerrarla.

–Bueno, ¿quieres seguir enfadada con tu familia?

–No, claro que no –repuso ella con emoción en la voz.

–¿Quieres que él vuelva contigo?

–¡No, por supuesto que no!

–Entonces, creo que ésta es la mejor manera de arreglar las cosas de una vez por todas. Y conseguirás que tu hermana sea feliz al verte allí.

–Pero va a ser una farsa.

–Verás, querida, muchas veces está bien atenerse sólo a la verdad, pero en ocasiones es mejor no hacerlo.

Lo miró sin comprender sus palabras.

–No quieres recuperar a ese hombre, no quieres estar mal con tu familia y no quieres sentir que eres el centro de las miradas en esa boda. Así que...

–¡No sigas! –repuso ella de repente–. Me siento fatal. Como una estúpida y orgullosa mojigata...

Finn se echó a reír.

–Sienna, esto fue idea tuya. Sólo te digo que fue

una buena idea y que me das la oportunidad de agradecerte tu buen trabajo.

–Entiendo...

–Entonces, ¿estamos de acuerdo? ¿Ninguna duda más?

–De acuerdo –repuso ella de mala gana.

No pudo dormir esa noche, Sienna estaba demasiado confusa.

Finn y ella se habían tomado el café como dos buenos amigos mientras veían el partido de críquet. Había estado tan a gusto que se había quedado hasta el final del torneo.

Pero no conseguía entender a ese hombre, seguía siendo un enigma para ella.

Tenía que agradecerle que aceptara ir a la boda. También le gustaba su compañía y su seco sentido del humor. Después de meses de trabajo, había aprendido a reconocer cómo era, pero sólo en parte.

Aunque no pasaba a menudo, podía saber si tenía un mal día con sólo mirarlo. Esos días parecía más pálido que de costumbre y cambiaba constantemente de humor. Nunca le extrañó su conducta, había pasado por mucho.

Pero no podía quitarse de la cabeza que había algo más en él que no entendía. Finn le había dicho que le parecía bien hacerlo porque así podía darle las gracias por su trabajo. Pero no entendía cómo podía aceptar ir a una boda cuando la suya no había podido celebrarse por la muerte de su prometida.

También le había sorprendido que le diera igual que su nombre pudiera ser ligado al de ella en la prensa del corazón.

Pensó entonces que quizás se hubiera encerrado en

sí mismo y hubiera bloqueado sus emociones para poder así afrontar su tragedia.

Finn también estaba teniendo problemas para conciliar el sueño esa noche.

Pensó en tomarse un somnífero, pero no quería depender de ese tipo de medicación.

Las cosas estaban mejorando poco a poco. Cada
vez le dolía menos la pierna y tenía más movilidad. Y
las terribles pesadillas que lo habían perseguido en sus
sueños habían empezado a desaparecer también.

A pesar de todo, su vida ya no era su vida.

Por eso no entendía por qué era tan importante para
él llevarse a su fisioterapeuta a Waterford con él.

No pudo evitar sonreír al recordar la indecisión de
Sienna después de haberle dicho lo que quería a cambio de aceptar su oferta de trabajo. Ese detalle le había
dejado más claro aún lo que ya sabía, que era una
buena persona.

Y también era, a su manera, una mujer muy atractiva. Y era hábil, inteligente y activa. Era una buena
compañía.

Pero no sabía si todo eso justificaba cómo se había
comportado él.

Dio una vuelta más en la cama. Era cierto que empezaba a sentirse frustrado y necesitaba cambiar de aires. También estaba convencido de que Sienna había
sido en gran parte responsable de su mejora, aunque
ella no terminara de creerlo. A ella le importaba de
verdad la gente, se le daba bien animar a las personas y
conseguir que no perdieran la esperanza de moverse de
nuevo.

Y él no entendía por qué se sentía tan culpable.

Se dijo que para él era más sencillo no tener que

cambiar de fisioterapeuta en mitad de su tratamiento, pero quizás hubiera algo más detrás de su decisión.

Algo que no entendía.

Sienna siguió trabajando con Finn durante la siguiente semana y éste le mostró de nuevo lo difícil que podía llegar a ser. Él quería dejar de usar el bastón y ella se negaba.

Finn había tenido una importante reunión ese día que no podía cambiar de hora y terminaron su sesión en el gimnasio más tarde de lo habitual. De vuelta a la casa, él se negó a que lo llevara en silla de ruedas.

—Y he decidido que tampoco necesito el bastón.

—¡Finn, no seas tonto! —repuso ella mientras lo fulminaba con la mirada.

—No es la primera vez que me dices eso y tampoco entonces estuve de acuerdo contigo —le dijo él con mirada penetrante y oscura—. ¿Sabes lo duro que es tener que usar un bastón para andar? ¿O que una chica tenga que llevarte en silla de ruedas?

—¡Claro que sé que es duro! Aunque lo de menos es que sea una chica quien empuje la silla.

—Sí que importa. Me siento como un viejo e inútil anciano.

Inspiró profundamente y contó hasta tres antes de hablar.

—Te sentirías peor si tropezaras y te rompieras algo —repuso ella enfadada—. Muy bien. Se acabó la silla, pero no puedes prescindir del bastón. No seas inmaduro e infantil —añadió ella con firmeza.

Quería intimidarlo, pero no lo consiguió.

—Señorita Torrance, puedes insultarme todo lo que quieras, pero no puedes detenerme —contestó él dando media vuelta y alejándose de allí.

Maldijo entre dientes mientras lo veía marchar.

–Y yo puedo dejar de tratarte, señor McLeod. Así que ya puedes ir buscando a otra persona que te acompañe a Waterford.

Finn se detuvo y la miró.

–¿Y qué pasa con la boda de tu hermana?

Abrió la boca para hablar y volvió a callarse.

–Porque tú les has dicho que vas a ir con alguien y que se trata de mí. Creo que lo tienes más difícil que yo.

Frunció el ceño al escucharlo.

–Bueno, supongo que tendré que tragarme mi orgullo, eso es todo.

Finn la miró de arriba abajo con una sonrisa burlona.

–¿Y por qué no te tragas tu orgullo ahora y me dejas andar sin ayuda? Yo sé mejor que nadie por qué no me conviene usar el bastón.

–¿Por qué?

–Te lo contaré mientras cenamos.

–¿Cenar? ¿Aquí? Gracias, pero no –repuso ella.

–Ya hemos hablado de esto antes –le dijo Finn–. Muy bien, tú eliges.

–¿Yo elijo el qué?

–Bueno, parece que lo que no te ha gustado ha sido que cenáramos aquí. Y me parece bien, no tengo problema. Probemos en un terreno neutral.

Respiró profundamente para intentar calmarse.

–¡Estás tergiversando mis palabras!

–Pero eso es lo que has dicho. ¿Acaso no quieres saber por qué creo que no necesito el bastón? –le sugirió Finn–. Conozco un agradable restaurante al lado del río. Tienen una langosta exquisita.

Abrió la boca para protestar, pero no dijo nada. Si

tenía una debilidad ésa era el marisco y sobre todo la langosta.

–¿Cómo lo has sabido? –le preguntó con suspicacia.

Finn levantó las cejas sin entender.

–Vendería mi alma por un buen plato de langosta –explicó ella.

–No tenía ni idea, pero está bien saberlo –repuso él con una sonrisa.

–Si piensas que soy fácil de convencer, estás muy equivocado.

–No se me ocurría pensar eso –afirmó Finn–. Sólo te estoy invitando a cenar. Eso es todo.

Suspiró frustrada.

–Está bien. Pero sólo una vez. Ahora tendré que ir a casa a cambiarme.

–No hay problema –repuso él mirando el reloj–. Dame tu dirección, Dave y yo te iremos a buscar a las siete, ¿te parece?

De vuelta a casa, aún estaba furiosa y lamentando que la hubiera convencido para ir a cenar. Pero, en cuanto llegó, comenzó a prepararse para la velada y mejoró su humor.

Se duchó y se puso después una sedosa falda con vuelo que le llegaba por la pantorrilla. Era blanca con estampado color canela. La combinó con una blusa blanca sin mangas y unas sandalias de color bronce.

El pelo se lo recogió en alto, en una especie de moño relajado y algo despeinado.

Se puso un maquillaje muy discreto y decidió mirándose al espejo que a ese peinado le iría bien un par de pendientes largos. Encontró unos con perlas pequeñas y cobre.

Una vez arreglada, intentó comprender por qué estaba preparándose con tanto interés para una cena que había sido más bien una encerrona.

Se dio cuenta de que Finn McLeod tenía más poder sobre ella del que le hubiera gustado tener que admitir.

Se había visto obligada a aceptar su invitación y se había olvidado de que podía haberse negado a cenar con él.

Dave llamó a la puerta de su piso a las siete en punto y la acompañó hasta el lujoso Mercedes de Finn. Se subió a la parte de atrás. Él iba sentado en el asiento del copiloto y vio disgustada que llevaba puesto un traje. Iba sin corbata, pero con traje.

–¿A qué tipo de restaurante vamos? –le preguntó en cuanto Dave arrancó

–A Angelo's.

Era uno de los mejores restaurantes de Brisbane.

–¿Hay algún problema? –le preguntó Finn dándose la vuelta para mirarla.

–Bueno, no me he vestido para ir a un sitio así. Estoy vestida, sin más. Pensé que íbamos a un agradable restaurante al lado del río. Eso es lo que dijiste. No pensé que me invitabas a uno de los sitios más lujosos, elegantes y caros de la ciudad.

–No me parece que tu apariencia debiera ser un problema –repuso él–. Pero, para tu tranquilidad, te diré que he reservado una mesa en la terraza y el ambiente allí es un poco más relajado que en el comedor principal.

–¿Cómo has conseguido una mesa con tan poco tiempo?

–Me conocen y...

–Perdona, ha sido una pregunta muy tonta –murmuró ella entonces.

Poco después llegaron frente al restaurante y Dave aparcó el coche.

Nunca había estado allí, pero había oído hablar del sitio. No sólo era conocido por su cocina, sino porque estaba de moda.

Nada más entrar se dio cuenta de por qué era así. La decoración era fabulosa. Las paredes eran granates y los suelos, de mármol color champán. La luz era tenue y elegante, todo destacaba por su calidad y lujo. Las sillas de haya hacían juego con el piano de cola que alguien estaba tocando.

No tardó en reconocer a unos cuantos famosos. El restaurante estaba lleno de gente con vestidos brillantes y carísimos. Muchos de ellos pararon a Finn mientras iban hacia la terraza. Lo saludaban con afecto mientras la miraban a ella con curiosidad y de arriba abajo.

Pensó entonces en sus pendientes. Eran bonitos, pero esas pequeñas perlas no podían compararse con las carísimas y exclusivas joyas de la clientela femenina del restaurante. Y lo mismo le pasaba a su conjunto. Estaba bien, pero no lo había diseñado nadie conocido.

Exhaló profundamente y levantó la barbilla mientras salían a la terraza.

A pesar de no ser tan lujoso como el comedor principal, el ambiente allí era increíble. Había antorchas encendidas alrededor de la terraza, palmeras que se mecían con la suave brisa y los cubiertos y la cristalería de las mesas brillaban sobre los blancos e impolutos manteles.

Los sentaron poco después en la mejor mesa de la terraza. Tenían el río a sus pies.

–Todo esto es impresionante, señor McLeod –le dijo entonces ella con algo de sarcasmo.

Finn la miró con los ojos entrecerrados.

–Algo me dice que no te gusta...

–Estoy segura de que me gustará la langosta, pero no puedo evitar sentirme fuera de lugar.

–¿Por qué? –preguntó él con sorpresa.

–Esto está lleno de famosos y millonarios, incluso aquí afuera –le dijo mientras miraba a su alrededor–. En cuanto a los precios del menú, son un robo a mano armada.

–Creo que estás generalizando, Sienna. ¿No te parece?

–Bueno, es que me gusta la calidad, pero también valoro el dinero. Podría haberte llevado a un sitio donde las langostas son estupendas, pero te cobran por ellas la mitad que aquí. Y el ambiente tampoco está mal.

Finn se quedó mirándola fijamente.

–Aquí estoy fuera de mi entorno natural, Finn –añadió con amabilidad–. Es como otro mundo, tu mundo. Es muy glamuroso, pero me parece también un poco falso.

–Muy bien –repuso él con seriedad–. ¿Quieres que vayamos a tu restaurante?

Abrió los ojos al escucharlo.

–¿Pretendes que nos pongamos de pie y salgamos de aquí?

Finn se encogió de hombros.

–¿Por qué no?

–Pero ¿qué van a pensar?

–¿Importa eso?

Se dio cuenta en ese instante de que aquella situación representaba lo que significaba ser millonario. No sólo podían pagar precios desorbitados por el placer de

estar acompañados de famosos y ricos en ese ambiente, sino que también podían dejar de hacerlo sin
que nada les preocupara y hacer su voluntad. Algo que
Finn McLeod hacía casi siempre.

–No, pero me sentiría mal. Sobre todo por los empleados.

–Entonces, ¿crees que podrás sonreír y soportarlo?

–Te lo diré cuando pruebe la langosta.

Le miró con frialdad hasta que Finn sonrió.

–Eres todo un personaje, señorita Torrance –le dijo
él entonces–. ¿Bebes?

–Claro que bebo.

–Me refiero a alcohol. ¿Te apetece vino o alguna
otra cosa para tomar con el marisco?

–Una copa de vino suena fenomenal. ¿Por qué me
lo has preguntado? ¿Tengo aspecto de abstemia?

–Después de haberme reprendido por traerte aquí,
pensé que quizás el alcohol fuera otra de tus aversio-
nes personales.

–Lo siento, creo que me he dejado llevar. Pero es
que me he sentido mal. Me habría arreglado un poco
más de saber que me traías a este sitio.

–Perdóname, lo último que querría hacer sería aver-
gonzarte. Pero, no tienes de qué preocuparte, tienes
buen aspecto, te lo aseguro.

Se mordió el labio inferior. Finn parecía sincero.

–Gracias, entonces me olvidaré del asunto. Me encantaría tomar una copa de vino.

–¡Perfecto! –exclamó él mientras la miraba con
enigmáticos ojos.

Después llamó al camarero y le pidió una botella de
vino.

Un par de horas más tarde, después de comer deli-
ciosas tapas y un exquisito plato de langosta con arroz,
ella se dio cuenta de que aún no habían hablado de por

qué Finn quería dejar de usar el bastón. De hecho, casi todo el tiempo habían estado hablando de ella.

Quizás con ayuda del vino, Finn pareció poder asomar por encima de sus barreras de resentimiento y consiguió que hablara de ella misma.

Le había contado historias sobre sus años en la universidad, su profesión, sus viajes e incluso sus tendencias políticas.

–¿Cómo lo has conseguido? –le preguntó ella de repente–. Me invitaste con la excusa de hablarme de tu bastón y hemos hablado de todo menos de eso.

–A casi todo el mundo le encanta hablar de sí mismo –repuso él encogiéndose de hombros.

–Sí, pero yo... Las cosas son distintas para mí, yo suelo ser la que hago las preguntas.

–Ya me he dado cuenta. Eres muy buena conversando sobre cualquier cosa, con tal de que sea intrascendente.

–Como las peluqueras, ¿no?

–¿Qué te cuenta la gente? –le preguntó Finn con interés.

–A veces, me dicen las cosas más increíbles. A menudo, cosas que preferiría no saber –repuso ella con una sonrisa triste–. ¿Por qué me lo preguntas?

–No lo sé, supongo que sentía curiosidad –contestó Finn–. En cuanto a mi bastón, creo que en este momento está impidiendo que avance. Al menos mentalmente.

–¿Qué quieres decir? –le preguntó con el ceño fruncido.

–Necesito un nuevo reto. Tengo que deshacerme del bastón. No tengo ni que decirte que voy a tener cuidado –le explicó él–. Es algo ajeno a mí y me molesta necesitarlo. Quiero valerme por mí mismo. No sé si tiene sentido, pero así son las cosas.

–Entonces, ¿no voy a poder decirte nada que te haga cambiar de opinión?

Finn negó con la cabeza.

–Entiendo lo que me dices. Yo fui de pequeña a clases de patinaje sobre hielo. Me daba miedo soltarme de la barra y estuve así mucho tiempo, hasta que me di cuenta de que esa barra era lo que estaba impidiéndome que avanzara –le dijo con cuidado–. Pero aquí hay mucho más en juego, Finn. Eres un hombre grande y podrías hacerte mucho daño si te caes. Prométeme que irás poco a poco y tendrás mucho cuidado.

–Te lo prometo –repuso Finn mirando el reloj–. Dave vendrá pronto a recogernos. Gracias por una velada muy agradable, Sienna.

–¿Puedo decirte algo?

–Por supuesto.

–No... Sigo sin entender qué es lo que está pasando –confesó ella apartando la mirada.

–¿Qué quieres decir?

Se quedó pensativa un momento y después le contestó.

–Es como si tuvieras algún plan, algo en mente, del que yo no soy consciente.

–Bueno, sí que tengo planes y sobre todo un objetivo primordial, quiero recuperarme por completo. Por eso necesito que vengas a Waterford, Sienna.

Se dio cuenta de que tenía sentido y lo miró con un gesto de impotencia. Había disfrutado mucho de su compañía esa noche y estaba un poco más contenta con la situación.

Se pusieron de pie y fue en ese instante cuando ocurrió. Finn era alto, apuesto y perfecto. Su presencia era tan hipnótica que sintió un hormigueo por todo su cuerpo cuando los dos se quedaron en pie y el uno

Se imaginó que era el donjuán de la familia, pero
nía que reconocer también que era divertido.

La velada fue más agradable de lo que había espe-
do y la cena estaba deliciosa. Se alegró de haber se-
uido el consejo de Melissa a la hora de arreglarse
ara esa noche. Aunque ella ya estaba más que escar-
entada después del fiasco de Angelo's.

Se había puesto un vestido corto y entallado en gris
lateado con pedrería negra y finos tirantes. En los
ies llevaba sandalias negras y altas. No tenía joyas
an impresionantes como las de la tía de Finn, pero su
piel estaba reluciente y su cabello, suelto y algo ondu-
ado, brillaba a la luz de las velas.

No había tenido tiempo para preguntarse por qué la
habían invitado a la cena porque había sido la propia
Alice McLeod la que había llamado directamente a su
casa para hacerlo. Le había dicho que, ya que los Bannister iban a estar, ella se sentiría también como en
casa. Por otro lado, estaba deseando conocer a la persona que iba a acompañar a su sobrino a Waterford.

Le había sorprendido tanto la llamada que no había podido decirle que no. Más tarde, se dio cuenta de
que no tenía ninguna buena razón para no ir. Esa velada podía darle más información sobre cómo era
Finn.

Durante la cena, estuvo sentada entre Declan y Pe-
er. A Finn lo tenía enfrente. Tuvo que pasar gran parte
e la cena rechazando las sutiles insinuaciones y pro-
osiciones de Declan.

Le dio la impresión de que Finn se daba cuenta de
o que estaba pasando, pero su rostro no reflejaba
ómo se sentía al respecto.

Tomaron la sopa de marisco y después la deliciosa
rne con verduras. Más tarde, les sirvieron un postre
 frutas del bosque y helado. Las botellas de vino fue-

frente al otro. No pudo evitar concentrarse en algunas
partes de su anatomía.

Le pareció muy tentador su cuello bronceado, igual
que la forma de sus hombros bajo el elegante traje gris.
No pudo evitar pensar en ese instante en ellos dos en la
piscina, cuando tenía la oportunidad de ver su torso al
descubierto y la fina línea de vello que bajaba desde su
estómago hasta debajo del bañador.

Lo miró a los ojos mientras sentía como se le acele-
raba el pulso. Él parecía estar observándola con tanta
atención como ella.

Se preguntó si él estaría sintiendo el mismo hormigueo, pero vio entonces como Finn apartaba la vista y
le hacía un gesto galante para que pasara delante de él.

—Señorita...

Sacudió la cabeza para volver a la realidad. Estaba
claro que se había equivocado con él. Había pensado
que no podría resistirse si Finn...

Sacudió de nuevo la cabeza para que su mente no
vagara por lugares peligrosos y se recordó una vez más
que él era su paciente.

—Muy bien —le dijo entonces con decisión—. Pondré
todo mi empeño y esfuerzo en mi trabajo contigo en
Waterford, si eso es lo que te preocupa. Siempre lo
hago.

—Gracias —repuso él con algo de frialdad.

No se quedó tranquila. Estaba enfadada y nerviosa.
No podía romper el hechizo que ese hombre suponía y
tampoco quería tener que soportar de nuevo las miradas curiosas de la clientela del restaurante.

Respiró profundamente y contó hasta tres. Después
comenzó a andar con decisión y sin darse cuenta de
que su enfado y su orgullo marcaban su paso y no dejaba de contonear las caderas.

Y tampoco era consciente de que a Finn McLeod no

le había pasado por alto ese movimiento y parecía estar imaginándose esas mismas caderas por debajo de la ropa.

Sienna salió a la terraza de su casa para tomarse una taza de té antes de irse a la cama.

No entendía qué le pasaba, pero le había disgustado que Finn le hubiera afectado tanto. Sabía que muchas mujeres se podían sentir atraídas por él, pero no estaba siendo realista.

Sabía que nunca podría pasar nada entre ellos.

Le había llamado la atención que se sintiera tan fuera de lugar en el restaurante. Siempre le había parecido que las clases sociales no estaban demasiado marcadas en Australia. Había creído que podía sentirse a gusto en cualquier sitio, pero no había sido así en Angelo's, allí se había sentido observada y rechazada.

Por otro lado, era un mundo en el que entraban cada día preciosas modelos procedentes de otra clase social. Pero tenía que reconocer que había una gran diferencia entre esas modelos, o esas presentadoras de la televisión, y ella.

Se terminó el té. Ya se sentía un poco mejor. Estaba muy claro que Finn McLeod no era para ella. Tenía que convencerse de ello y no cambiar nunca de parecer.

Capí

LA SIGUIENTE sorpresa para Sienna ll
días antes de que tuvieran que salir hacia
ford.

La invitaron a cenar en Eastwood con los Ba

No le hacía demasiada gracia ir, pero era la nidad perfecta para conocer un poco a la fam Finn.

Su tía era la anfitriona de la velada. Y se dio pronto de que su madre y esa señora se podrían muy bien.

Al contrario de lo que le pasaba a ella, Finn n jaba que su tía Alice interfiriera en su vida. Estaba que no le hacía ninguna gracia que fuera a Water había llegado incluso a ofrecerse a acompañarlo sar de que odiaba el ganado. Se dio cuenta de q le dolía a la mujer que su sobrino hubiera rechaz generosa y valiente oferta.

Se juntaron ocho personas a cenar en el e comedor de Eastwood. Finn y su tía, Peter y otra pareja y el hermanastro de Finn, Declan.

Sabía que Finn tenía treinta y seis años, a imaginó que Declan tendría unos veintiocho. recían en nada. Finn era de complexión oscur cía muy maduro. Declan era delgado, rubio y irresponsable. No trabajaba y se dedicaba a n su yate por las islas.

ron vaciándose rápidamente y se dio cuenta de que se lo estaba pasando muy bien.

Alice McLeod era todo un personaje. Soltera a sus sesenta y pocos años, era una prestigiosa dietista que había escrito varios libros sobre el tema. Se enteró de que ya no vivía en Eastwood, que había pasado a ser la residencia de Finn, y centraba gran parte de sus esfuerzos en recaudar fondos para diversas obras de caridad. Declan comentó entonces que era todo una excusa para poder organizar bailes de etiqueta.

Si la mujer estuvo estudiándola durante la cena, lo hizo de manera discreta. Se imaginó que no sólo lo había invitado porque fuera la fisioterapeuta de su sobrino, pero no sabía qué otra intención podía tener hasta que se dio cuenta de que las dos trabajaban en temas de salud.

La conversación fue variada y divertida durante toda la cena, pero no pudo evitar fijarse de vez en cuando en Finn y ver que parecía cansado. Le alegró, por el bien de su paciente, que la velada terminara pronto.

Finn decidió acompañarla hasta su coche después de que ella rechazara hábilmente el ofrecimiento de Declan.

—No tienes por qué hacerlo —le dijo Sienna—. Pareces algo cansado.

Le sorprendieron sus palabras.

—¿Cómo lo sabes?

—Bueno, es parte de mi trabajo darme cuenta de esas cosas. ¿Te cuesta dormir?

—La verdad es que sí, pero seguro que me recupero pronto —repuso él—. Parece que no te ha gustado mucho mi hermano, ¿no?

—Está bien —contestó Sienna con una sonrisa—. Pero

48

creo que no sabía que estaba enfrentándose a toda una experta.

–¿Experta? –repitió él riendo.

–Sí. En mi trabajo, no sólo escucho confidencias de mis pacientes, también las proposiciones más descabelladas –le explicó Sienna–. Son gajes del oficio. Se me da bien rechazarlos.

–Vaya...

–Bueno, gracias por una agradable velada –le dijo ella–. Deberías intentar dormir. Si no descansas bien, tu recuperación podría ser más lenta.

–Y ¿qué me recomiendas? No quiero depender de los somníferos.

–Nada un rato en la piscina, haz algo de ejercicio suave en el gimnasio, pídele a Dave que te dé un masaje...

La miró y abrió la boca para decirle que ya lo había probado todo sin suerte. Pero se quedó callado al verla. Su cabeza le llegaba por el hombro. El color de su vestido plateado hacía que su piel pareciese más cremosa y suave y resaltaba también el gris de sus ojos. Se dio cuenta de que eran muy bonitos, igual que su carnosa boca.

Respiró profundamente al darse cuenta de cuál sería su solución al insomnio.

Si pudiera tenerla en sus brazos esa noche, abrazados cómodamente mientras comentaban la cena, y si después pudiera ir explorando lentamente su cuerpo...

Pensó en cómo reaccionaría Sienna Torrance si le dijera lo que estaba pensando. Esa mujer acababa de confesarle que estaba acostumbrada a rechazar proposiciones de sus pacientes.

Sonrió al recordar cómo se había librado de su hermanastro y se dio cuenta de que esa joven estaba complicándole la existencia.

–Muy bien. Bueno, buenas noches –le dijo.

De manera brusca, se dio la vuelta y se marchó de allí.

Dos semanas más tarde, Sienna se dio cuenta de que, a pesar de haberse ido a Waterford con él, ya no había la misma camaradería entre los dos y no entendía cómo podía ser así. Sobre todo después de que hablaran claramente el día que la invitó a cenar en Angelo's.

Por otro lado, Waterford estaba siendo toda una experiencia para ella.

Augathella estaba a setecientos kilómetros de Brisbane hacia el norte. La ciudad estaba asentada al lado del río Warrego. Se trataba de una población pequeña y rural que era la capital de esa región eminentemente ganadera.

A dos horas en coche de allí estaba el cañón de Carnarvon, una de las zonas más impresionantes de la gran cordillera central. Era un lugar lleno de torrentes, piscinas naturales en las montañas y barrancos impresionantes. Ese escarpado paisaje contrastaba con las planicies que rodeaban Augathella.

Habían volado por encima de ese cañón de camino a Waterford y ella se había quedado sin palabras ante tanta belleza.

Además de Finn y de ella, en el avión iban Dave, Walt, el secretario personal de Finn y dos pilotos.

La casa de Waterford tenía más de cien años. Era una mansión de fachada rosada y grises tejados. Bastaba con entrar en su interior para darse cuenta de que estaba llena de historias.

La mantenían en muy buen estado. Los suelos de madera estaban perfectos, las lámparas eran una maravilla, igual que sus alfombras persas y obras de arte.

Una de sus habitaciones favoritas estaba llena de vitrinas con piedras preciosas y minerales encontrados en la zona. Había ópalos, amatistas, zafiros, cristales y rocas con pepitas de oro. También tenían allí una pianola y muchos rollos de música.

Otra sala, la de juegos, tenía una mesa de billar y otras para jugar a las cartas o al ajedrez.

Todas las habitaciones tenían chimeneas. Allí los inviernos eran muy fríos.

Sólo Finn, Dave y ella misma dormían en la casa principal y tenían dormitorios con zona de estar y cuartos de baño privados.

El resto del grupo, todos hombres, se alojaban en un anexo construido al lado de la mansión, donde vivía también el personal de la casa. Descubrió un tiempo después que había otra casa más, una especie de cabaña con cuatro dormitorios a la que se referían como la Casa Verde.

Le encantaron los jardines, llenos de vegetación y mil colores.

No tenía ninguna objeción con el sitio. El ambiente parecía mucho más relajado que el que tenía Finn en Eastwood.

Comían todos juntos alrededor de una larga mesa que había al lado de la cocina. Estaban ocupados durante el día, pero por la noche, quien quisiera compañía siempre la encontraba en la sala de juegos.

Recordó sus reticencias a la hora de ir a ese sitio. Había pensado que iba a ser una especie de cárcel para ella, pero no podía haber estado más equivocada.

Le encantaba ese lugar, los grandes espacios y tener la posibilidad de montar a caballo, algo que no hacía desde su infancia.

Le fascinó la organización de ese lugar, los vaqueros, los ganaderos y los perros que controlaban a las reses. Se dio cuenta de que Waterford era casi como un pueblo.

Había en la finca varias casas para los empleados y

un barracón. También multitud de cobertizos para las herramientas, establos, una tienda, una caseta de primeros auxilios y una escuela. Algo más lejos estaba el helipuerto y la pista de aterrizaje de las avionetas.

Había jugado ya varias veces al golf en el campo de nueve hoyos que había en la finca. Era más complicado jugar allí que en otros campos y los juegos los interrumpían de vez en cuando un ualabi o un emú con sus polluelos.

No había podido jugar con Finn. A pesar de que ya no usaba bastón y que parecía ir bien sin él, no estaba preparado para hacer deporte por su cuenta.

Se pasaba tres mañanas por semana trabajando en el hospital local. Su tarea consistía en enseñar técnicas de fisioterapia a otros profesionales y le estaba gustando mucho hacerlo. También se había convertido en poco tiempo en una de las personas favoritas del grupo de niños que vivían allí. Por una parte, porque arbitraba sus partidos de fútbol y por otra, por la pianola. Era duro tener que pisar continuamente los pedales del instrumento, pero le encantaban las viejas canciones que tocaba y solía cantarlas. Alguna vez la había usado directamente como piano.

Una tarde, estaba tocando uno de los rollos de música y cantando cuando sintió de repente que no estaba sola. Sienna se detuvo y vio que Finn la observaba desde la puerta.

—¿Estoy haciendo demasiado ruido?

—No, cantas bien.

Se levantó, abrió las puertas de la pianola y sacó el rollo de música que había colocado minutos antes. Después lo metió con cuidado en su caja.

—No te detengas por mí. Seguro que le viene bien a la pianola que alguien la use.

–Sé a quién le encantaría escuchar esta música –le dijo sin pensar–. A los niños de Waterford.

Finn miró a su alrededor. La sala estaba llena de vitrinas. Parecía algo alarmado.

–No, no. Nunca se me ocurriría traerlos aquí. Por cierto, necesita que la afinen.

–Supongo que si alguien los vigila y queda claro que no pueden tocar nada...

–¡No! –lo interrumpió ella con una sonrisa–. Es demasiada responsabilidad para mí.

Finn la observó un momento, después se encogió de hombros y se fue.

Dos días después, llegó un afinador de pianos que había viajado desde Toowoomba. La pianola desapareció de su sala y apareció de nuevo en un almacén que había al lado de la escuela. Alguien se había encargado de limpiar el sitio y acondicionarlo para hacerlo más agradable. Y su hueco en la sala de las vitrinas lo ocupó un piano nuevo que llegó en un camión otro día.

Finn le entregó entonces la llave del almacén.

–Pero... Pero todo este trabajo... Si voy a estar aquí poco tiempo –protestó ella.

–Bueno, alguien te sustituirá después.

Miró la llave en su mano. No sabía si estar contenta o disgustada con todo aquello. Lo arbitrario de la decisión, algo que caracterizaba mejor que nada cómo era Finn, fue lo que pudo con ella.

Había estado en lo cierto. A los niños les encantó la pianola. Pronto aprendieron las letras y comenzaron a cantar con ella.

Pero fue después de arbitrar un partido de fútbol de los niños cuando tuvo un memorable encontronazo con Finn.

Volvió a la casa cubierta de polvo y con la cara colorada por el esfuerzo. Se dejó caer en una silla del porche para recuperarse antes de ir a su dormitorio a ducharse. Pero una serpiente interrumpió su descanso e hizo que se pusiera en pie de un salto.

No se movió, no gritó, se limitó a observarla hasta que cruzó el porche y se perdió entre unos arbustos.

Entonces respiró de nuevo.

–¡Odio las serpientes! –gritó entonces con toda su alma.

–Pues finges muy bien –repuso alguien con buen humor.

Se dio la vuelta y vio a Finn tras ella en el porche.

–Me lo enseñaron en un curso de primeros auxilios que hice –explicó ella encogiéndose de hombros–. Creo que no era peligrosa ni agresiva, pero aun así...

–Tienes razón –le dijo Finn–. Pero ver una serpiente tan cerca asusta aunque estés convencido de que no te va a hacer nada.

Lo miró con el ceño fruncido.

–Seguro que a ti te gustan las serpientes. Y seguro que esperabas que una urbanita como yo reaccionara de otra manera, ¿verdad?

–Veo que todavía te duele mi comentario –repuso él mirándola de arriba abajo.

Estaba sucia, acalorada y con necesidad de ducharse enseguida. Finn, en cambio, tenía una apariencia limpia y fresca. Nunca se cansaba de mirarlo.

–Lo cierto es que no entiendo por qué te negabas a venir cuando está claro que este sitio te sienta como anillo al dedo.

Abrió la boca para protestar, la cerró y apretó los dientes con irritación.

–Si me negaba a venir o no es asunto mío, Finn McLeod, no tuyo –repuso ella de mala gana mientras entraba en la casa.

–Por cierto, Sienna, la verdad es que odio las serpientes.

Pero ella estaba demasiado enfadada como para aceptar esa oferta de paz y siguió andando.

A Sienna le habían molestado mucho sus palabras. Se sentía como si tuviera que justificar ante Finn el hecho de que le gustara ese sitio. Le daba la impresión de que no podía complacerlo de ninguna manera.

Con el paso de los días, se había dado cuenta de que Finn iba mejorando y estaba más relajado allí. Disfrutaba recorriendo el rancho con el todoterreno o el helicóptero. Parecía estar relajado todo el tiempo, excepto cuando estaba con ella.

Ese hecho empezó a obsesionarla cada vez más. Echaba de menos la buena relación que había tenido siempre con él. Esa especie de amistad había significado mucho para ella y sólo se había dado cuenta de ello cuando la había echado en falta.

Cuando trabajaban en el gimnasio, él parecía más incómodo en su presencia y le daba la impresión de que le molestaba que le hablara. Así que cada vez pasaba más tiempo callada.

También le dio la impresión de que le incomodaba que le tocara la pierna para tratársela y ayudarle con los ejercicios. No entendía qué pasaba ni qué había cambiado. Llevaba meses haciéndolo sin que él se quejara nunca.

De un modo u otro, y fuera por lo que fuera, tenía que reconocer que se sentía dolida. No entendía en qué estaba fallando. Le daba la impresión de que no había cambiado nada.

No podía dejar de pensar en por qué estaría tan distante con ella. Y empezó a verlo como una persona más que como un paciente. Después, comenzó a pensar en él como hombre.

Lo vio un día reunido con el equipo que se encargaba de las reses. Llevaba pantalones vaqueros y una camisa caqui, botas de montar y un sombrero. Le pareció más alto y en forma que nunca.

Apoyado en el tronco de un árbol, tenía el aspecto de un líder con autoridad, pero también parecía muy humano mientras acariciaba la cabeza de un perro que no dejaba de seguirlo a todas partes.

Su corazón comenzó a latirle con fuerza mientras lo miraba. No pudo evitar preguntarse cómo sería Finn McLeod en la cama.

Se alejó rápidamente de allí. Siempre se había sentido orgullosa de no dejar que los hombres le afectaran y no entendía qué le estaba pasando. Pensó que quizás estaba saliendo por fin de la burbuja en la que se había metido después de que James la dejara plantada. Lo que no podía creer era que le hubiera pasado con un paciente.

Era consciente de que Finn era algo más que otro de sus pacientes. Se había convertido casi en una empleada personal, pero seguía tratándose de la familia McLeod y, aunque las cosas eran más relajadas en Waterford que en Eastwood, seguían siendo mundos a los que ella no pertenecía.

La vida de gente como Finn estaba llena de modelos famosas, yates de lujo y aviones privados.

Aunque personas como Alice McLeod le recordaban que no todos los miembros de la alta sociedad llevaban vidas vacías e inútiles.

Aun así, sabía que nadie podría ocupar nunca el lugar de alguien tan especial como Holly Pearson.

A pesar de todo, había tenido otro despiste imperdonable.

Una noche, en la sala de juegos, ella había estado jugando al ajedrez con Walt y a punto de ganarlo. El resto de la gente jugaba al billar, incluso Finn. No podía dejar de mirarlo de vez en cuando, mientras Walt meditaba su siguiente movimiento.

Esa noche estaba especialmente atractivo con una camisa blanca abierta y unos pantalones marrones. Era como un imán para sus ojos. Y no sólo su cuerpo, también sus manos. Se fijó en ellas y en cómo agarraba el taco. Lo vio bromear con todos y a la gente riendo.

Estaba tan concentrada en él que Walt acabó ganándole la partida. Aun así, no podía dejar de pensar en por qué Finn podía comportarse así con todo el mundo menos con ella.

Al día siguiente, Declan apareció por el rancho con un grupo de cinco amigos que quería llevar en avioneta hasta el cañón de Carnarvon para pasar un fin de semana acampando allí.

Llegó sin avisar y en su propio avión.

Fue ésa la primera vez que Sienna escuchó a Walt lanzando improperios, pero el enfado no le duró mucho y se puso enseguida a trabajar.

Estaba en la mesa contigua a la cocina tomándose una taza de té, cuando Walt recibió la llamada de Declan desde la avioneta. Vio también como llamaba enseguida a Finn.

—Un total de seis personas, tres parejas, quieren quedarse una noche. Todos juegan al golf, así que he pensado que estaría bien organizar un torneo de golf esta tarde. Después podrán tener una gran cena y puede que quieran bailar —le explicó el mayordomo por teléfono a su jefe—. ¿Quiere que les ponga en la Casa Verde o prefiere que cambie a Dave y a la señorita Torrance...?

Walt se cayó entonces y escuchó mientras asentía varias veces con la cabeza. Después, colgó.

–Puede quedarse donde está, señorita Torrance –le dijo el mayordomo.

Después llamó a la cocinera y al ama de llaves.

Entre todos decidieron los menús para la comida y la cena y discutieron lo que había que hacer en la Casa Verde para prepararlo todo.

–Estoy impresionada con su buen trabajo, Walt. ¿Puedo ayudar en algo? –le preguntó cuando terminaron su improvisada reunión.

–Pues sí, señorita Torrance, ¿le importaría organizar una competición de golf? Mire a ver quién quiere participar y haga una lista. Después, asegúrese de que tenemos suficientes palos, tarjetas de puntuación y pelotas.

–Puedo decirle de antemano que no habrá suficientes palos a no ser que restrinjamos lo que cada participante puede tener. Por ejemplo, un *driver*, un hierro y un *putter*.

–Eso será suficiente. ¡Muchas gracias! –le dijo Walt mientras salía corriendo de allí.

Finn entró justo en ese instante.

Ella acababa de servirse una segunda taza de té y empezó a tomársela mientras esperaba a que fuera él quien iniciara la conversación. Esos días estaba tan nerviosa en su compañía que prefería que fuera él el que la hablara si eso era lo que quería.

Se sentó frente a ella y se sirvió una taza de té.

–¿Te das cuenta de que estamos a punto de ser inundados?

–Sí. Me han puesto a cargo de una competición de golf –contestó ella–. No ha sido idea mía –añadió al recordar que él aún no podía jugar.

–Lo sé. Pero cualquier cosa que los mantenga ocupados es una buena idea.

–¿Qué vas a hacer tú?

Se arrepintió al instante. Estaba recordándole así que él no podía hacer algunas cosas.

–¿Qué sugieres tú que haga? –preguntó él con ironía en su voz–. ¿Debería ponerme a hacer ganchillo?

–¡Finn! No, claro que no. No quería decir que... Has conseguido muchísimo desde que empezaste con la rehabilitación. Ahora sólo es cuestión de tiempo hasta que puedas volver a jugar al golf así que...

–¡No! –la interrumpió Finn pasándose las manos por el pelo–. ¡Maldita sea, no me trates con condescendencia, Sienna! Guárdate tus comentarios para los pacientes que lo necesiten. Yo no los quiero.

Se levantó y se fue de allí y ella se quedó mirándolo atónita. Estuvo a punto de levantarse e ir tras él, pero el grupo de Declan llegó justo en ese momento.

A las seis de la tarde, Sienna entró deprisa en su dormitorio y cerró por dentro. Estaba encantada de poder al fin darse una ducha.

Pensó en esa tarde mientras dejaba que el agua la refrescara. La competición de golf había sido divertida. Los amigos de Declan eran todos de la misma edad y parecían llevar el mismo tipo de vida. Los había oído hablar de fiestas, yates, carreras y campos de golf que habían visitado por todo el mundo.

A pesar de todo, las mujeres del grupo eran simpáticas y los hombres estaban entusiasmados con el rancho y con la acampada que les esperaba.

Le dio algo de vergüenza conseguirlo, pero su equipo, formado por uno de los pilotos de Finn y ella misma, ganó la competición de golf.

Lo mejor de toda la tarde había sido que nadie parecía haberse dado cuenta de lo inquieta y preocupada que estaba.

Finn los recibió de vuelta a casa después del juego e, igual que se había mostrado durante la comida, parecía estar encantado con la visita y de muy buen humor.

Cerró el grifo de la ducha y se puso su albornoz. Después se sentó frente al espejo mientras se secaba el pelo.

No entendía qué le pasaba con ella. No sabía cómo se habían distanciado tanto.

Se le pasó por la cabeza llamar a Peter Bannister e intentar conseguir otra opinión profesional.

Todo aquello le estaba afectando mucho. Después de todo, ella no había sido la que había insistido en ir a Waterford, pero sentía que había fracasado en algo durante esas semanas.

Y lo peor era que no podía soportar llevarse mal con él. Había empezado a tener algunas ideas muy extrañas con respecto a ese hombre y estaba muy confusa.

Llegó a pensar incluso que había llegado el momento de dejar su tratamiento y decidió que no era mala idea. Debía hacerlo lo antes posible, pero no esa noche.

Se desinfló al recordar que habría una gran cena y baile. Era otra cosa que él tampoco podía hacer y temía que eso le pusiera de peor humor.

Exhaló con fuerza y se levantó de la silla para vestirse.

Estaba mirando sus cosas para ver qué se ponía cuando decidió que no bailaría después de la cena. Saldría del salón después de cenar y volvería a su cuarto sin que nadie se enterase.

Eligió unos pantalones color violeta de lino y una blusa de seda rosa.

—Me gustaría brindar por Sienna —anunció Declan McLeod—. Que no sólo es muy buena jugando al golf, sino también una belleza y, por lo visto, una gran profesional.

Hizo una mueca al escucharlo y todos levantaron las copas de vino en su honor.

Esa noche cenaban en el comedor formal, donde habían comido muchas generaciones de McLeods. Las sillas eran de caoba con asientos de terciopelo y desde las paredes los contemplaban los antepasados de Finn.

Había sido una cena maravillosa. Habían tomado salmón ahumado con alcaparras para empezar. Después siguieron con el delicioso asado, las verduras y la salsa de calabaza. El postre también había sido estupendo.

Declan y sus amigos se lo estaban pasando muy bien, entre otras cosas gracias al vino, y no dejaban de proponer brindis. Había llegado la hora de tomar un poco de café.

—El café se servirá en la galería —anunció entonces Walt como si le hubiera leído el pensamiento.

Ella dejó su servilleta sobre la mesa y se puso en pie.

—Gracias, Walt. ¿Salimos?

La sugerencia iba dirigida a todos, pero sus ojos se encontraron con los de Finn sin poderlo evitar. Él había estado bien toda la cena, sin hablar mucho pero sin resultar antipático. Pero en ese instante vio en sus ojos algo que no entendió. Sintió que le estaba reprochando algo y no sabía qué era.

No pudo evitar sentir que había hecho algo mal a ojos de Finn. Estaba harta de aquello y decidió que era buena idea abandonar esa fiesta cuanto antes. También sabía que debía asimismo irse de Waterford cuanto antes.

Le fue más difícil abandonar la fiesta de lo que había previsto.

Para su desgracia, Finn le pidió que tocara el nuevo piano que ocupaba ya el lugar de la pianola mientras el resto de los invitados se tomaba el café.

A Declan le pareció una idea excelente.

–¡Por todos los...! –exclamó entusiasmado–. ¡No me digas que también eres una artista! No me extraña entonces... Por favor, toca.

–¿No te extraña el qué? –repitió ella de mala gana.

–¡Nada! ¡Toca, toca, por favor! –insistió Declan mientras abría la tapa del piano y sacaba el taburete.

Vaciló un momento. Después bajó la tapa sobre las teclas y volvió a guardar debajo el taburete.

–Mira, sólo toco porque me gusta y suelo hacerlo sola –le dijo con una mueca–. No creo que sea agradable para la gente oírlo, así que no voy a torturaros. Pero creo que tenemos música, ¿no?

Finn, que había sido quien la había metido en ese embrollo, decidió aparecer en su ayuda entonces.

–Claro –repuso mientras habría el armario que guardaba el equipo de sonido–. Claro que la tenemos –añadió mientras la miraba con intención.

Y en su tono había algo más que no consiguió descifrar.

Media hora más tarde, Sienna consiguió por fin escaparse. Pero, en vez de irse directamente a la cama, decidió dar un paseo por el jardín. Quería despejarse la mente para poder conciliar después el sueño.

Se puso una chaqueta antes de salir. Las noches eran frescas en esas mesetas del interior, pero un sitio perfecto para ver las estrellas.

Tenía un banco favorito en el jardín, uno que había bajo un árbol. Estaba de camino a allí cuando apareció Finn tras ella.

Se detuvo al verlo acercarse.

—¿Qué quieres ahora, Finn McLeod? —le dijo con cansancio en su voz.

—Nada, sólo quería saber adónde ibas. Eso es todo.

—A ningún sitio —repuso ella—. Iba a dar un paseo e irme a la cama. ¿Acaso necesito tu permiso para eso?

—No, claro que no. Pero veo que estás enfadada conmigo.

—Finn...

Pero no sabía ni por dónde empezar. Así que decidió contarle una excusa.

—Me duele la cabeza, eso es todo.

Era la verdad, pero no era lo único que le pasaba, ni mucho menos.

—¡Qué oportuno! —murmuró él con una mueca.

Lo miró sin entender su actitud.

—¿Oportuno? ¿Qué tiene de oportuno un dolor de cabeza? ¿Acaso crees que me lo estoy inventando? ¿Por qué iba a hacer algo así?

—No lo sé. Es la típica excusa que usan todas las mujeres —repuso él encogiéndose de hombros.

—¿Excusa? ¡No podía imaginarme que estuvieras a punto de pedirme que me acostara contigo!

—¿No?

Lo miró con el corazón en la boca. El aire entre ellos estaba cargado de una tensión especial, de una electricidad hipnótica que los tenía sujetos a ese instante, escuchando a lo lejos la fiesta de Declan y sus amigos.

Sentía que ya nada existía a su alrededor. No había jardines ni estrellas. Sólo Finn llenaba su vista y toda su atención. Con cada respiración que daba lo notaba más cerca, más dentro de ella. Era casi como si pudiera hacerlo suyo y dejar que sus sentidos lo bebieran. No podía dejar de mirar sus rasgos, sus enigmáticos ojos azules, sus manos...

Lo que no entendía era por qué le daba la impresión de que Finn la miraba casi de manera íntima. Observaba el movimiento de su pecho bajo la blusa de seda. Hacía que fuera muy consciente de su cuerpo y vio como sus ojos se concentraban en la curva de sus caderas. Casi podía sentir allí las manos de Finn.

–Bueno –dijo él por fin como si quisiera romper el hechizo–. Puede que no fuera así, pero estos días tiene otras aplicaciones.

Fue duro volver a la realidad y tener que concentrarse en sus palabras. Se imaginó que había sido todo suposiciones de ella, estaba claro que el interés que tenía en Finn no era recíproco. No pudo evitar sonrojarse, se sentía fatal.

–¿De qué...? ¿De qué aplicaciones hablas?

–Si tienes alguna queja, Sienna, no te escondas detrás de un dolor de cabeza y dilo.

Sus injustas palabras y el frío tono que había usado la hirieron aún más.

Le costó recobrar la voz, pero cuando lo hizo, recordó que ese hombre sólo era su paciente.

–Finn, no soy nadie aquí para tener quejas. Tu salud es mi única preocupación.

Se dio la vuelta y se alejó de allí con más firmeza de la que creía tener dadas las circunstancias.

Sienna se alejó sin saber que Finn se había quedado mirándola hasta que desapareció de su vista y que después había gritado una serie de improperios en voz alta.

Capítulo 4

SE DESPIDIERON a la mañana siguiente de los invitados. Le dio la impresión de que los empleados de Waterford tenían una extraña actitud hacia Declan McLeod. Parecían ser más pacientes con él y no sabía por qué. Se imaginó que había tenido las mismas ventajas que Finn a pesar de tener distinta madre. Pensó que quizás lo hicieran porque era obvio que Declan no estaba a la altura de su hermano mayor.

Se despidió de ellos y se preparó para irse a trabajar.

Durante el largo trayecto a Augathella estuvo recapacitando sobre su situación en el rancho. Llegó a la conclusión de que necesitaba hablar con Peter Bannister cuanto antes. Y no sólo para que la aconsejara, sino porque había decidido irse de Waterford tan pronto como pudiera.

Llegó al hospital diez minutos antes de que comenzara su turno y aprovechó para llamarlo. Pero su jefe estaba de vacaciones y fuera de cobertura.

Cuando volvió horas después al rancho tenía una idea en la cabeza y sólo una, irse de allí cuanto antes. Pero se enteró de que Finn se había ido en avión a Sydney y que volvería al día siguiente.

–Regresará mañana por la tarde, señorita Torrance –le dijo Walt–. Ha ido con Dave y me pidió que le dijera que no se preocupara por él. También le sugiere que se relaje. No le dije que eso me parecía tarea imposible, pero puede que sea buena idea si consigue estar sin hacer nada.

Se quedó con la boca abierta. No tenía ni idea de que pareciese cansada o estresada.

–Gracias, Walt, lo intentaré –murmuró–. Entonces, ¿se ha ido todo el mundo? ¿No están los pilotos, ni el secretario...?

–Tiene el rancho para usted sola –asintió Walt.

–¡Aleluya! –repuso con alivio.

Fue a su dormitorio y se miró en el espejo.

Se dio cuenta de que tenía cara de cansada. Le había molestado que Finn le sugiriera que se relajara y no se preocupara por él.

Estaba claro que aún recordaba sus últimas palabras en el jardín la noche anterior, cuando le comentó que lo único que le preocupaba de él era su salud.

No le extrañaba parecer cansada, esa noche no había dormido nada.

Se alegró de poder pasar un tiempo sola para tranquilizarse antes de decirle al día siguiente que se iba de allí.

Pasó un día estupendo intentando cuidarse y relajarse. Recogió algunas hierbas olorosas del jardín y la cocinera le ayudó a preparar algunos brebajes.

Había fraguado una buena amistad durante esos días con la señora Walker, la cocinera de Waterford, y ésta le ayudó a preparar una mascarilla de avena para la cara, una decocción de romero y camomila para su pelo y una bolsa de muselina llena de flores de lavanda.

Llevó todo a su dormitorio y se aplicó la mascarilla

por todo el rostro. Después colocó la bolsa de lavanda en la bañera y llenó ésta de agua caliente. Se frotó la loción en su pelo y estuvo disfrutando de su baño durante lo que le pareció una eternidad mientras escuchaba música de Mozart en la radio.

Después se secó, se aplicó crema hidratante por todo el cuerpo y se hizo la manicura.

Terminada la sesión de belleza, se metió en la cama con un buen libro y esperó a que la avisaran para bajar a cenar.

Comió poco, tocó el piano un buen rato y después se fue a la cama.

Durmió como no lo había hecho en mucho tiempo, sin que la atormentaran extraños pensamientos relacionados con Finn McLeod.

El día siguiente amaneció lloviendo y lo hizo durante horas. Era un cambio de escenario radical. Nada que ver con el espantoso calor y el polvo del resto del verano.

Se puso un chubasquero y botas y estuvo dando una vuelta por los jardines y bajo la lluvia. Se imaginó que a las plantas le vendría muy bien esa agua, mucho mejor que el que usaban para regarlas el resto del año. Y a ella también le afectó de manera muy positiva ese cambio meteorológico. Se sentía descansada y renovada por dentro y por fuera.

Ya había dejado de llover cuando Finn y el resto de su grupo regresaron al rancho, pero ella no estaba allí para recibirlos.

Había salido a cabalgar en cuanto dejó de llover, quería disfrutar del olor a tierra mojada y del frescor del aire.

—Tenga cuidado, señora —le aconsejó el mozo de la

cuadra que le ensilló el caballo–. El suelo puede estar algo resbaladizo.

–Lo tendré –repuso ella–. ¿Cómo se llama el caballo?

–Gran Rojo.

–Bueno, el nombre le sienta bien. Es muy grande, necesitaré que me ayude a subir –le dijo ella–. Gracias –añadió tras quedar sobre la silla.

–Es el único que tenemos en los establos ahora mismo. De otro modo, le habría preparado uno más pequeño. Éste es grande, pero tiene buen carácter.

–Muy bien, Gran Rojo, espero que disfrutes del paseo tanto como yo...

Comenzó a cabalgar sobre él y tuvo mucho cuidado hasta se encontró en el camino con una vaca y su ternero a unos ocho kilómetros de las cuadras. El pequeño estaba atrapado y no dejaba de bramar desesperado. La madre también mugía alrededor de su ternero.

Estudió la situación y se dio cuenta de que no podía hacer nada para rescatar a la res, pero podía volver al rancho para buscar ayuda. Se fijó en el sol y en una colina cercana para intentar describir a la gente dónde estaba el ternero. También se quitó del cuello el pañuelo rojo que llevaba y lo tiró a un arbusto con espinos para que les sirviera de guía.

Pero estaba tan ansiosa por volver a Waterford y encontrar ayuda para el ternero, que dio la vuelta al caballo y lo azuzó para que fuera mucho más deprisa que antes. Después de dos o tres kilómetros, Gran Rojo tropezó y ella salió volando por encima de su cabeza.

Se dio un buen golpe. Afortunadamente, había tenido tiempo de sacar las botas de los estribos.

El caballo se acercó a ella y le dio con el hocico a modo de disculpa.

–Estoy bien –le dijo–. Supongo que ha sido culpa mía. Dame un minuto.

Con esfuerzo, se incorporó y se frotó la cara. Pero fue un error, porque así sólo consiguió llenársela de barro, igual que el resto de su cuerpo.

Pero lo peor de todo fue darse cuenta, después de levantarse y comprobar que no se había roto nada, que no tenía fuerzas para montar de nuevo a Gran Rojo.

–Eres demasiado grande para mí, chico. Ya lo eras antes, pero ahora no tengo energía para montarte. A ver si encontramos algo donde me pueda subir...

Pero no había nada. Ni la base de un árbol, ni un tronco, ni rocas. Sólo tierra húmeda a su alrededor. Para colmo de males, el sol comenzaba a descender por el horizonte. Se iba a hacer de noche en menos de una hora.

–Mira, creo que debe de haber unos cinco kilómetros de vuelta a la casa, así que no voy a malgastar mis fuerzas intentando montarte. Caminaremos juntos hasta que aparezca algo en lo que me pueda subir.

Gran Rojo relinchó en ese instante.

–Bien, me alegra que te guste mi idea –repuso ella–. Una cosa más, si no llegamos a casa antes de que se haga da noche, vas a tener que guiarme. Todos los caballos se conocen el camino de vuelta a sus cuadras, ¿no?

Una hora más tarde, Sienna estaba dolorida y agotada. Acababa de hacerse de noche. Había visto pasar algún tiempo antes a una avioneta y se imaginó que en ella llegarían Finn y su grupo. No pudo evitar ponerse algo nerviosa al pensar en cómo recibiría él la noticia de que había salido a cabalgar y aún no había vuelto. No quería ni pensar en lo enfadado que estaría Finn.

–Tienes muy. buen carácter, Gran Rojo –le dijo al caballo–. La mayor parte de los caballos ya habrían salido galopando. ¿Crees que hay dingos por aquí?

Se estremeció al pensar de nuevo en el ternero y en todos los peligros que lo acechaban. Y también a ella misma.

Gran Rojo se detuvo de repente, parecía nervioso.

Unos segundos después vio aparecer las luces de un coche en el horizonte.

–Creo que llega nuestra patrulla de salvamento –le dijo entonces–. Me siento tan estúpida...

Fueron Finn y un mozo del rancho los que la encontraron.

–Sienna –dijo él mientras bajaba del todoterreno–. ¿Qué demonios has estado haciendo?

–Me caí del caballo, fue culpa mía. La verdad es que es un caballo estupendo, pero lo azucé porque tenía prisa por volver al rancho y encontrar a alguien que ayudara a un ternero que encontré atrapado. Después de caerme, no pude subirme de nuevo a él. Es demasiado alto para mí. ¡Menos mal que nos habéis encontrado! Ahora podemos volver y salvar al ternero.

–No haremos tal cosa –repuso Finn con dureza–. Te llevaré de vuelta en el todoterreno y Steve puede montar al caballo. ¿Te has hecho daño...?

Se echó a llorar de repente. Steve, el mozo, se dio la vuelta avergonzado al verla en tal estado. Finn, también incómodo, se pasó las manos por el pelo.

–Sienna, ya es de noche –replicó él–. Podríamos dar vueltas y más vueltas sin encontrarlo.

–¡No! He estado observando las estrellas y sé qué dirección tenemos que tomar. Basta con seguir por allí –le dijo mientras señalaba con la mano–. Tenéis cuerdas y os bastará con la luz del coche. No tardaremos nada en llegar...

–¡No estás en condiciones de salir con el coche, Sienna!

–Finn, si me hubiera roto algo, lo sabría. Ése es mi trabajo. ¿Crees que habría podido andar tanto si estuviera herida?

–Puede que el ternero haya muerto ya mientras tú andabas de un lado para otro –replicó Finn.

–¡No hagas que me sienta aún peor! –protestó ella–. Nunca te perdonaré si no me ayudas a buscarlo, Finn McLeod –añadió mientras lo fulminaba con la mirada.

–Una cosa, jefe –intervino entonces Steve–. Puede que se trate de los que están cerca de la colina. Si la señorita no se equivoca, su paso está justo en la dirección que nos ha dicho.

Finn se quedó pensativo un momento.

–De acuerdo. Steve, tú ve a caballo, nosotros iremos con el todoterreno, pero no me culpéis si no conseguimos dar con ese sitio.

Esperó a que se subieran al coche y Steve se alejara con el caballo para mirar a Finn y susurrarle con todas sus ganas lo que había estado esperando para decirle.

–Te odio.

–Bueno, deberías habértelo pensado mejor antes de salir a cabalgar cuando el terreno está húmedo y el caballo es demasiado grande para ti –repuso él.

Consiguió hacerla callar. Finn encendió el aparato de posicionamiento por satélite e introduzco la información para el lugar que Steve le había indicado.

Ella rezó para que se hubiera orientado bien y no tener que admitir su error ante Finn.

Poco tiempo después, distinguió su pañuelo rojo en un arbusto cuando las luces del todoterreno lo iluminaron. El ternero no estaba muerto. Simplemente, no estaba.

Tampoco estaba por allí la madre, pero sí distinguieron en el barro sus pisadas.

–¡Gracias a Dios! ¡Supongo que consiguió soltarse sin ayuda! Ahora ya puedes llevarme de vuelta a casa –le dijo a Finn.

Pero éste no dijo nada, se quedó muy callado al oír sus palabras.

Subieron los escalones del porche el uno al lado del otro y sin decir nada. Tampoco habían hablado durante el viaje de vuelta a la casa.

–¡Qué pena que no pudieras verme anoche, señor McLeod! Estaba mucho más presentable que ahora mismo –comentó ella mientras se frotaba su dolorida espalda.

Se agachó para quitarse las botas e hizo una mueca de dolor.

–¿Qué quieres decir con eso?

–Nada, nada. Todo es tan irónico. En fin, necesito un baño más que nada en el mundo. Así que, si no te importa dejar la reprimenda para más tarde...

–Sienna, no digas tonterías. Estaba preocupado, eso es todo. ¡Todos lo estábamos!

–Es verdad, estábamos muy preocupados –intervino la señora Walker apareciendo en ese instante en el porche–. Pero aquí está, sana y salva. Así que ya no hay nada de lo que hablar.

La cocinera puso el brazo alrededor de sus hombros y la acompañó hasta el interior de la casa. Se giró entonces para ver a su jefe.

—¡Es una pena que no la viera anoche, señor McLeod!

El baño caliente hizo que Sienna se sintiera mucho mejor. La señora Walker le aconsejó que se pusiera un camisón, la bata y que esperara en su dormitorio a que le subiera la cena.

Pero fue Finn quien lo hizo algún tiempo después.

Entró en el dormitorio y se sentó frente a ella en la mesa.

Lo miró algo inquieta, después se preparó para cenar. Todo tenía un aspecto maravilloso.

—¿Es que no tienes nada que decir, Sienna?

—Estaba esperando a que empezaras tú.

—¿Por qué todo el mundo cree que debería haberte visto anoche?

Se miraron a los ojos. Él parecía confuso, ella estaba algo avergonzada.

—Bueno, no todo el mundo. Sólo te lo ha dicho una persona, ¿no?

—Dos si te cuento a ti.

No quería tener esa conversación. Tomó el tenedor y el cuchillo para comenzar a cenar, pero volvió a dejarlos sobre la mesa. Se sentía muy frustrada y por muchas razones distintas. A pesar de todo lo que había pasado, seguía sintiéndose atraída por él.

No estaba lo suficientemente cansada ni dolorida para que se le pasaran por alto sus fuertes hombros bajo la camiseta gris, su pelo oscuro y sedoso y sus perfectos rasgos.

Lo que menos le apetecía era relatarle todo lo que había hecho la noche anterior. Eran cosas eminentemente femeninas y triviales que no importaban a nadie más.

–Bueno, todo el mundo me decía que tenía que relajarme, todos me acusaban de quejarme y me pedían que no me preocupara por nadie, así que hice algo al respecto.

–¿Y qué tiene eso de especial?

–Bueno, las mujeres tenemos maneras de relajarnos que ayudan a mejorar nuestro aspecto. Me di una mascarilla en la cara, un baño... Ya sabes, todo eso.

–Supongo que surtiría efecto.

Levantó crispada las cejas.

–No quería decir eso, sino que me imagino que parecerías mucho más relajada. De hecho, siempre tienes buen aspecto. Bueno, menos cuando arbitras partidos de fútbol o cuando te caes de los caballos.

–Estoy segura de que la señora Walker fue la única que notó algún cambio en mí. Y sólo porque ella me ayudó a prepararlo todo –le dijo entonces–. Al menos fue eficaz desde el punto de vista terapéutico, porque perdí un poco el tiempo con algunas cosas...

Se miró las uñas. No quedaba ni rastro de la manicura, sólo barro. Se tocó un arañazo que tenía en la cara. En la mandíbula tenía un golpe que empezaba a amoratarse ya.

–¿Tienes más de ésos?

–Unos cuantos –repuso ella–. Ahora te toca a ti hablar.

–Iremos mañana a Augathella en helicóptero para que te hagan un chequeo.

–No lo necesito, estoy segura de que...

–No me lleves la contraria y cena.

Finn esperó a que terminara y no le dijo nada mientras comía.

–¿Qué esperabas que te dijera? –le preguntó después.

–Me imaginaba que querrías recordarme de nuevo que he sido una estúpida.

–Bueno, nunca te he visto hacer nada estúpido a propósito. Los accidentes ocurren.

–Sí, pero debería haber tenido más cuidado. Me distraje disfrutando del paisaje. Después, cuando vi a ese ternero sufriendo...

–Te entiendo –repuso Finn con una inesperada sonrisa–. Todo esto se pone precioso cuando llueve. Por cierto, fui a ver a un traumatólogo en Sydney.

–¿Qué te dijo? –le preguntó con sumo interés.

–Cree que estoy listo para dejar la rehabilitación. Piensa que, si camino bastante cada día y hago algunos ejercicios, pronto estaré bien, podré jugar al golf y hacer de todo.

–¡Eso es genial, Finn! ¡Cuánto me alegro por ti! ¡Ya te lo dije! –exclamó ella con entusiasmo.

–Es verdad, me lo dijiste. Así que, a partir de ahora, no voy a necesitar tus servicios, Sienna. Le he escrito una carta a Peter. Intenté hablar con él, pero está de acampada.

–Lo sé, lo sé.

–¿Cómo lo sabes? ¿Has intentado ponerte en contacto con él?

–Sí –confesó ella.

–¿Para qué?

No sabía si decírselo o no, pero decidió que no había necesidad de hacerlo. Ya no era su paciente.

–Bueno, me gusta mantenerme en contacto con él. Entonces, vuelvo a casa, ¿no?

–Creo que deberías tomarte un tiempo para recuperarte. Además, la avioneta no está disponible hasta dentro de unos días.

Se quedó mirándolo fijamente.

–Has reaccionado a lo que ha pasado mucho mejor

de lo que... Bueno, es que estos días... Siento haber salido así con el caballo y también lo del ternero...

Finn se quedó mirándola con atención. Se fijó en su pelo, en su cara magullada y en el albornoz que llevaba.

–Lo entiendo –le dijo después mientras se levantaba con la bandeja–. Que descanses.

Se detuvo antes de salir y se miraron de nuevo a los ojos.

Ella contuvo el aliento mientras trataba de entender qué había en la mirada de Finn que le atraía tanto. Tanto como para que se sintiera abandonada en cuanto él salió del dormitorio y cerró la puerta.

Sienna apenas pudo descansar esa noche. Y los moretones no eran los únicos culpables. No podía dejar de pensar en lo que había pasado y no entendía por qué no estaba más feliz al saber que ya no tenía que seguir trabajando con Finn.

Pensó que quizás le molestara que hubiera sido él quien decidiera que ya no la necesitaba como fisioterapeuta, cuando ella había estado planeando irse de Waterford sin más.

Una parte de ella creía que había fallado como profesional, pero eso no tenía sentido, porque él se estaba recuperando muy bien. Pensó entonces que quizás sentía que había fallado su relación con él a otro nivel, como hombre y mujer. Pero no quería pensar en ese tipo de cosas.

Finn cumplió su palabra.

Al día siguiente, el helicóptero trasladó a Sienna hasta el hospital de Augathella para comprobar su estado de salud después del golpe.

–Estoy bien, ya te lo dije –le comentó a Finn en cuanto volvió al rancho.

Él había estado esperándola en el helipuerto y, a pesar de no tener lesiones, le costó bajarse del aparato. Se dio cuenta de que Finn la observaba.

–A pesar de todo, gracias por tu interés –añadió entonces.

–Me alegra ver que hay algo en mí por lo que puedes dar las gracias –repuso él.

Lo miró a los ojos y le sobrevino la urgente necesidad de decirle de verdad qué era lo que quería de él. Le hubiera encantado llevárselo a un lugar apartado, poder estar con él, que la besara con ternura y que cuidara de su magullado cuerpo.

Cerró los ojos y dejó que esas imágenes llenaran su cabeza.

Después suspiró.

–¿Sienna?

Abrió de golpe los ojos y se ruborizó al ver que Finn la observaba.

–¿En qué estabas pensando? –le preguntó él.

–En nada, en nada –repuso ella dándose la vuelta–. Me han dicho que descanse un par de días así que eso es lo que voy a hacer.

–Te llevaré en coche a la casa.

Hubiera dado cualquier cosa por no tener que ir con él, pero hubiera sido demasiado extraño que rechazara su oferta.

No hablaron nada de camino a la casa y cada vez le resultaba más difícil estar cerca de él.

No podía dejar de pensar en él y en todo lo que le gustaba. Se fijó en sus muñecas mientras lo veía sujetar el volante. Eran estrechas pero fuertes.

Su personalidad era tan distante e imponente como de costumbre. Intentaba no mirarlo, pero no pudo evitar hacerlo un par de veces y se dio cuenta de que Finn ignoraba por completo su presencia, era como si ni siquiera estuviera allí con él.

Finn la dejó frente a los escalones del porche y se alejó sin decir nada más.

Subió las escaleras hasta su dormitorio. Se sentía muy mal. Lo único que tenía claro era que necesitaba salir de allí. Empezaba a sentir que ese hombre le afectaba demasiado, un hombre que parecía ignorarla y despreciarla.

Dos días después, la avioneta seguía sin estar lista para usarse y Sienna seguía sin poder irse de Waterford.

Dave fue a hablar con ella para decirle que ella y el resto de los hombres, menos Finn, iban a acercarse al pueblo para ver el rodeo anual. Pensaban volver sobre las nueve de la noche y quería saber si ella estaría dispuesta a quedarse en la casa y asegurarse de que Finn estaba bien.

A Dave no le gustaba dejarlo solo, sin nadie que supiera atenderlo si se caía o se hacía daño.

Dudó un momento, pero acabó accediendo.

Dave le pidió también que no le dijera a Finn que se quedaba en casa por él.

–Sé que el traumatólogo le ha dado el visto bueno, así que no quiero que sienta que necesita una niñera. Últimamente, no acepta de buen grado ese tipo de cosas –le explicó el hombre–. Me ha mandado a dormir al anexo. Me ha dicho que así puedo estar más cerca del resto de los hombres, pero creo que lo que quiere es más independencia.

–Lo entiendo, no te preocupes –repuso ella.

Le gustó ver que Finn también había tenido problemas con Dave, que no sólo se mostraba difícil con ella. Pensó que quizás el problema no estuviera en ella, sino en todos los que cuidaban de él.

Sienna pasó la tarde trabajando en unos informes. Cenó después con el resto de los empleados que no habían ido al rodeo.

No vio a Finn después de cenar y se imaginó que estaría encerrado en su despacho. En vez de irse a leer a la cama, fue hasta la sala de juegos, se quitó las sandalias y se acurrucó en uno de los sofás.

Él entró una hora después en la sala y pareció sorprendido de verla allí.

–Sienna, pensé que te habías ido ya a la cama. Todo estaba en silencio y...

Lo observó mientras se apoyaba en la mesa de billar. Parecía nervioso o confuso.

–Sí. Es agradable tener un rato de paz para leer.

Finn se quedó pensativo unos segundos.

–¿Por qué no has ido al rodeo? Es todo un acontecimiento.

Cerró el libro y lo dejó en una mesita.

–No me apetecía –contestó mientras se encogía de hombros.

–¿De verdad? Pensé que te... –comenzó él–. ¿No te habrá pedido Dave que te quedes para sustituirlo?

No sabía qué decirle para salir del paso y se quedó callada más tiempo del necesario.

–Ya veo que eso es exactamente lo que ha pasado –repuso Finn–. Si crees que necesito una enfermera, estás muy equivocada.

Se puso inmediatamente en pie y lo miró con la ca-

beza muy alta. Iba a decirle que le daba igual lo que
necesitara o no, pero se tropezó con sus propias sandalias.

Finn se movió rápidamente para que no cayera al
suelo y acabó en sus brazos.

–Y esto es por lo que no te necesito como enfermera... –murmuró él mientras se inclinaba sobre ella
para besarla.

Se quedó helada, sin saber cómo responder a sus
manos y a sus labios. Llevaba puestos unos pantalones
bajos de cadera y una camiseta corta que dejaba su es-
belto talle al aire. Finn no tardó ni un segundo en aprovechar esa circunstancia para rodear su cintura con las
manos mientras besaba la base de su cuello. Después
apartó el tirante de su camiseta y de su sujetador para
desvelar la parte superior de uno de sus pechos.

No pudo ahogar un gemido cuando Finn siguió ex-
plorándola con sus largos dedos y encontró su pezón.
Las sensaciones comenzaron a sucederse violenta-
mente por todo su cuerpo. Era algo increíble y muy intenso, algo contra lo que no podía revelarse ni luchar.
Su propio cuerpo parecía tener vida propia y se acercó
más aún al de Finn. Éste abandonó momentáneamente
su cuello para besarla de nuevo en la boca y de manera
mucho más apasionada.

Nada podía haberla preparado para la realidad de
que un hombre como Finn McLeod la besara y acari-
ciara como lo estaba haciendo. Había sentido hormi-
gueos en su presencia y había soñado con él. Pero, allí
y entre sus brazos, se sentía en el séptimo cielo. Era increíble sentir el calor que desprendía su cuerpo y tener
a un hombre tan masculino y atractivo como Finn con-
centrado en la tarea de darle placer.

Finn estaba provocando sensaciones increíbles en
su interior. Ese hombre había conseguido que se deshi-

ciera entre sus brazos, que fuera a él de manera volun-
taria y sumisa. Y ella había ido tan lejos como para tomar su rostro entre las manos y acariciar después su
oscuro cabello. El calor que estaban generando era tan
evidente que ya no dudó ni por un instante en que Finn
la deseara.

Se separaron por fin algún tiempo después, intentando recobrar el aliento, pero Finn no soltó su cintura.

−¿Tiene ahora sentido lo que ha pasado? −le preguntó Finn.

Ella estaba en trance. Escuchó un perro ladrando a
lo lejos y algunos grillos cerca de la ventana. Cerró los
ojos un momento. Cuando los abrió, todo seguía igual.
Las paredes de la sala aún eran verdes, la mesa de billar estaba allí... No lo entendía. Creía haberse imaginado lo que había pasado.

−No estás soñando −le dijo él con una tímida sonrisa.

Ella estaba sujetando la camisa de Finn por los
hombros. Apretó la tela con más fuerza y la sintió entre sus dedos. Volvió entonces poco a poco a la realidad.

−Pero has estado comportándote de una manera
tan... No creí que te cayera bien. Y mucho menos, que
hubiera algo más... −explicó ella completamente atur-
dida.

Finn la sonrió y ella tuvo que esforzarse por calmarse y recuperar el aliento. Hasta una sonrisa de ese
hombre hacía que le temblaran las rodillas.

−Es todo lo contrario −repuso él−. No quería intentar nada contigo tan poco tiempo después de que terminara nuestra relación profesional. Siento haber sido
difícil.

−¿Difícil? −repitió ella con problemas para recuperar el habla−. Sí, ha sido difícil estar contigo. Has he-

cho que me sintiera fatal. Y no entendía nada porque antes de venir me pediste que pusiera todo mi empeño en tu rehabilitación.

–Bueno, es que de eso se trataba, ¿no? Estoy seguro de que tu ética profesional no me habría dejado hacerte el amor cuando eras aún mi fisioterapeuta.

–Claro. Pero... Pero yo no sabía...

Estaba demasiado confusa para expresarse con claridad.

–Además, sólo hace un par de días que me dijiste que mi salud era lo único que te preocupaba –le dijo Finn–. ¿Era eso verdad?

Ella se mordió el labio inferior.

–Yo, en cambio, llevo algún tiempo soñando con tenerte en mis brazos, Sienna –le confesó él.

–Bueno, le pasa a muchos pacientes, que de repente sienten algo por sus cuidadores, pero no es...

–No –la interrumpió Finn–. Dame el beneficio de la duda y confía en mi criterio. Sé muy bien lo que siento y ser tu paciente se estaba convirtiendo en una auténtica tortura.

Sus palabras la sacudían con tal fuerza que no podía decir nada.

–También era una tortura no poder tocarte. Y era peor aún sentir tus manos en mi cuerpo.

–No podía imaginarme que... A veces, cuando me mirabas, me preguntaba si cabía la posibilidad de que tú... Pero nunca terminé de creerlo.

–Créetelo ahora –le pidió Finn–. ¿Y tú?

–Yo... La verdad es que apenas nos conocemos...

–Sienna, hemos estado muy cerca durante meses. Muy cerca. Estoy seguro de que puedes dejar tu profesionalidad de lado para darme una opinión personal sobre mí, ¿no? –le pidió Finn–. ¿No te gusto? ¿Sientes un hormigueo cuando estoy cerca de ti?

Ella le respondió con una sonrisa.

Finn sonrió también y la besó en la frente. Después la besó en los labios, pero pareció cambiar de opinión y se apartó de ella.

–Será mejor que hablemos antes de que nos dejemos llevar de nuevo, ¿no? –sugirió él.

Sintió como se sonrojaba.

–Sí, es buena idea.

Intentaba hablar con firmeza y decisión, pero estaba trastornada por los acontecimientos, como si hubiera tomado alguna droga. Finn la llevó hasta el sofá. Desapareció un segundo y volvió con dos copas de coñac.

–Gracias –repuso ella con sinceridad tras aceptar el licor.

–Salud –murmuró él sentándose a su lado–. ¿Cómo te sientes? –le preguntó mientras tomaba su mano con ternura.

–No lo sé. Nerviosa, confusa... –confesó ella–. Finn...

–Si tienes algo contra mí, puedes decírmelo –la interrumpió él entonces.

–Bueno, estás demasiado acostumbrado a conseguir todo lo que quieres, pero esto... Esto... Estoy desconcertada.

–Siempre puedo cambiar y dejar de intentar conseguir siempre lo que quiero –repuso él con una sombra de picardía en su mirada.

–Sí, cuando las ranas críen pelo –replicó ella–. Verás, yo... Me da tanto miedo cometer otro error. Lo que te conté me amargó mucho y supongo que me ha condicionado tanto que ahora siempre tengo miedo o estoy confusa. Lo único que tengo claro es que no quiero pasar de nuevo por algo parecido.

–Que tu hermana te traicionara explica cómo te sientes. Es normal –le dijo Finn mirándola a los ojos–.

Pero tienes que vivir en el presente, Sienna. Las cosas cambian. También para mí.

—No sé qué decir. Yo...

Se detuvo al escuchar un vehículo. Todo su cuerpo se tensó y miró el reloj.

—¡Han vuelto temprano! ¡Son los chicos!

Finn maldijo entre dientes.

—Podríamos seguir en mi...

—No —lo interrumpió ella—. No, Finn, eso sería un poco raro para mí. Sé que te puede sonar absurdo, pero es así como me siento...

—¿Quieres salir corriendo, Sienna? —le preguntó él—. No hay razón para avergonzarse. No voy a echarme encima de ti delante de ellos. Aunque me imagino que, a estas alturas, ya se han hecho una idea aproximada de lo que pasa.

Esa idea la sorprendió y aterrorizó a partes iguales.

—¿Cómo? Pero ¿por qué?

—Estoy seguro de que la señora Walker ya se ha imaginado algo. Y Walt también me conoce lo suficiente como para percibir esas cosas. Pasa a menudo, los empleados se enteran de las cosas antes de que pasen —le explicó él encogiéndose de hombros—. De hecho, apostaría a que Declan también se huele algo.

Recordó entonces algo que Declan había dicho cuando supo que tocaba el piano. Después no había querido explicárselo, pero acababa de darse cuenta de que estaba dándole el visto bueno como pareja de Finn.

Perpleja, le devolvió la copa de coñac y se levantó deprisa.

—¿Y a ti no te parece que todo esto sea embarazoso? ¡Es típico de los hombres pensar así! Pero tienes que saber que a mí me gusta ser mucho más discreta con mi vida personal, así que me voy a la cama. Ya... Ya hablaremos mañana, Finn.

Él se levantó y la miró medio divertido y medio enfadado.

—Sienna...

—¡Me lo he pensado mejor, quiero que me devuelvas eso! —replicó ella desde la puerta.

Volvió a por su copa y salió deprisa de la sala de juegos con el coñac en la mano.

Cuando llegó por fin a su dormitorio, cerró la puerta por dentro y se llevó la copa de licor hasta el tocador. No sabía por qué, pero necesitaba mirarse en el espejo. Quería ver si su aspecto era el mismo, si su cara revelaba cuánto le había gustado besar a Finn.

Pero sólo vio su cabello despeinado, una boca roja y en carne viva y ojos aturdidos.

Tomó su cepillo y se peinó largo rato hasta que su melena quedó suave y brillante de nuevo. Se sentía tan nerviosa como una adolescente a la que acababan de besar por primera vez. Se quedó mirando sus ojos en el espejo. Tenía mucho en lo que pensar.

Lo que le había pasado con James Haig había cambiado cómo era, pero había algo más que nunca le había confesado a nadie.

Lo suyo con James no había sido un apasionado romance ni mucho menos. Se había enamorado de él poco a poco, al menos eso había creído, y ella le había pedido que esperaran hasta estar comprometidos y seguros de que estaban hechos el uno para el otro antes de compartir cama con él. Y no podía dejar de pensar en que ése había podido ser el primer fallo en su relación con James, algo que ella había provocado con su petición.

Siempre había creído que ese momento era muy importante. Sabía que su manera de ver las cosas era anticuada y que no entendía bien a los hombres.

Siempre había estado en paz con sus principios, pero no había conseguido demasiado. Tenía veintiséis años y había tenido que chantajear a un paciente para no ir sola a la boda de su hermana.

Había disfrutado dejando que James la conquistara, pero siempre había podido establecer claramente sus límites. Para él, aquella situación había sido una especie de reto. Pero, con el tiempo, ella había llegado a intuir la impaciencia de su novio.

No podía dejar de pensar en que su hermana se habría entregado de manera generosa. No creía que Dakota fuera promiscua, pero estaba claro que a James le habría encantado encontrarse con una situación nueva y excitante después de que ella le hubiera impuesto el celibato.

Por una razón u otra, seguía siendo virgen y no sabía cómo conjugar esa condición con el deseo creciente que sentía por Finn McLeod. No sabía si él siquiera se plantearía llegar al altar con ella. Pero, aunque así fuera, era ella entonces la que no sabía si iba a poder esperar.

Tomó un sorbo del coñac para calmarse. Estaba casi segura de que no podría resistirse a Finn, pero no sabía cómo iba a responder a sus avances. Si él sólo quería una relación, una especie de amistad con derechos, no sabía si iba a estar dispuesta a entregarse a él.

Tampoco sabía si debía contarle que era virgen y por qué.

Pensaba que el interés que Finn podía tener en ella no debía de ser sólo algo físico. Creía que un hombre como él podía tener todo lo que quisiera también en ese terreno y sin ataduras de ningún tipo. Tenía que saber qué más buscaba en ella.

Frunció el ceño al recordar a Holly. Creía que había pasado muy poco tiempo desde el accidente. Había leído en algún sitio que los hombres viudos buscan nueva pareja mucho antes que las mujeres. El artículo hablaba de que ellos lo hacían porque estaban menos capacitados para cuidar de sí mismos. Ellas, en cambio, eran más independientes.

Pero ese argumento no encajaba con Finn McLeod.

La casa volvía a estar en silencio. Le dio la impresión de que todos se habían acostado ya. Hasta podía oír a un búho ulular a lo lejos.

El sonido era algo espeluznante. Pero no le daban miedo la noche ni la tierra deshabitada alrededor del rancho. Se dio cuenta de que lo que más temía era la soledad que sentía en esos momentos al no poder estar en la cama de Finn y entre sus brazos.

Se terminó el coñac y se acostó.

Capítulo 5

T E APETECE salir a dar una vuelta en coche, Sienna? –le sugirió Finn al día siguiente.

Había sido un día de mucha actividad en Waterford. Un equipo de veterinarios había llegado al rancho para examinar a los animales. Habían atendido a las yeguas y a sus potros. Después examinaron a las reses que estaban preñadas, castraron a algunos caballos y desparasitaron a gran parte del ganado.

Había sido fascinante para Sienna contemplar todo aquello. Aunque había sido un día de mucho ruido, mucho polvo y mucho trabajo.

Toda esa actividad le había servido de excusa para evitar a Finn, pero la presión crecía en su interior y cada vez estaba más nerviosa. Le daba la impresión de que había pasado tanto tiempo desde la noche interior que quizás hubiera sido todo un sueño.

–Sí, gracias –repuso por fin y con un hilo de voz–. Voy a por mis gafas de sol.

Finn condujo en silencio durante varios kilómetros. Después se detuvo en medio de la nada.

–Salgamos a estirar las piernas –le dijo entonces mientras abría la puerta.

–¿Ya hemos llegado? –preguntó ella con sorpresa.

–Sí, ¿por qué no?

Salió del coche y Finn se acercó hasta su lado del todoterreno.

–Pensé que querías enseñarme algo –le dijo ella algo nerviosa.

–Así es –repuso él con picardía y sin dejar de mirarla a los ojos–. Pensé que, ya que te gusta la privacidad, estaría bien enseñarte este sitio.

Miró a su alrededor. El enorme cielo despejado se extendía sobre sus cabezas igual que la planicie. No había nada, ni una vaca en el horizonte.

–Te crees muy gracioso, ¿verdad? –repuso ella–. Pues yo creo que no tiene ninguna gracia. Si me has traído hasta aquí para besarme, será mejor que cambies de opinión.

–Es curioso que digas eso, porque a mí tampoco me ha hecho ninguna gracia no poder estar a solas contigo en todo el día. Y todo porque no podía besarte.

Se miró en sus ojos y no supo qué decir.

–¡No me pareció que quisieras besarme de nuevo! –le dijo por fin.

–Pues así era. ¿Y tú, Sienna?

Abrió la boca para protestar y volvió a cerrarla.

–El caso es que no me gusta que me tomen el pelo.

–Lo siento. Pero ¿no crees que los dos tenemos una especie de síndrome de abstinencia? –le preguntó Finn concentrándose en su boca–. ¿No crees que si estamos enfadados continuamente es porque nos sentimos algo frustrados?

–Pero estamos enfadados, ¿no? –replicó ella–. Lo que quiero decir...

Notó que él estaba conteniendo la risa al ver que ella no cedía. Se dio cuenta de que tenía razón.

–Bueno, Finn...

Él detuvo sus palabras colocando un dedo en sus labios. Cinco minutos más tarde, se separaron y ella no podía dejar de temblar de deseo mientras intentaba normalizar su pulso y su respiración. Pero entonces recordó todo en lo que había estado pensando la noche anterior.

–Finn, tenemos que hablar de algo.

Se detuvo al escuchar un ruido estático y la voz de alguien.

–Finn, soy Walt.

No entendía qué pasaba, pero lo comprendió enseguida al ver que Finn maldecía su mala suerte. La soltó entonces para entrar de nuevo en el todoterreno y tomar la radio que llevaba en el salpicadero.

Walt había llamado para recordarle que el gobernador del condado había llegado para reunirse con él. El mayordomo temía que se le hubiera olvidado y quería saber si debía invitarlo a cenar.

Finn gruñó al recordarlo y le prometió a Walt que volvería pronto.

Se rió al ver la frustración con la que desconectó el aparato de radio.

–¡Te está bien empleado por traerme hasta aquí con intenciones tan indecentes!

Finn sonrió y la abrazó de nuevo.

–Al menos así te demuestro hasta qué punto deseaba besarte de nuevo. Se me había olvidado por completo que venía el maldito gobernador –repuso él.

–No hables así, no puede ser para tanto.

–Sí que lo es. No lo conoces, pero ese hombre habla como una cotorra, no para nunca. Una cena con él puede durar horas y horas.

–Bueno, no me voy a ninguna parte, Finn. Tendremos tiempo mañana para lo que sea.

–Pero ¿de qué querías hablar? –le preguntó él con interés en sus ojos.

–De nada que podamos discutir con prisas. Mañana, Finn, mañana.

Él tomó una de sus manos y la besó con ternura en la palma, después besó su boca. Fue un beso largo y muy sensual que acompañó con una exhaustiva exploración de sus pechos. Se quedó temblando cuando se separaron.

–Siempre y cuando no erijas innecesarias barreras a tu alrededor... –murmuró él mientras agarraba su cintura de manera posesiva.

No se le pasó por alto la analogía en sus palabras, pero no le dijo nada más.

Walt volvió a llamarlo entonces para contarle que el gobernador se impacientaba.

Tal y como había temido Finn, la cena duró horas, pero Sienna se excusó pronto y se retiró a su dormitorio.

A pesar de lo grande que era la mansión, pudo escuchar desde su cuarto la atronadora voz del gobernador hasta las diez de la noche. Después la casa se quedó en silencio y ella se durmió.

Pero a eso de medianoche la despertó un sonido que no pudo identificar, un golpe seco.

Se incorporó en la cama y frunció el ceño. Pensó entonces que quizás Finn siguiera levantado aún y se hubiera caído al suelo. Recordó entonces que Dave ya no estaba en la casa principal.

Salió y buscó en los salones y otras habitaciones comunes, pero no encontró nada extraño. Vaciló un segundo frente a la puerta del dormitorio de Finn, pero entonces oyó otro golpe.

Llamó a la puerta con los nudillos, pero nadie contestó. Inhaló con fuerza y abrió.

La luz de la luna se colaba entre las cortinas e iluminaba la cama. Allí vio a Finn, estaba retorciéndose sin parar. Sólo llevaba puestos los pantalones de su pijama. Supo entonces que los golpes que había oído los habían provocado las lámparas de la mesita que vio en el suelo.

–¿Qué ocurre? –preguntó mientras entraba en el dormitorio–. ¿Qué te pasa? Finn, ¿estás bien?

Pero al verlo se dio cuenta de que no estaba bien.

Respiraba con dificultad y no dejaba de temblar. Todo su cuerpo estaba cubierto de sudor. Lo tocó y se dio cuenta de que estaba helado. Lo más asombroso de todo era que seguía dormido. Se sentó a su lado en la cama y acarició uno de sus hombros.

Con la experiencia clínica que tenía, intentó pensar en qué podía estar causando esa condición, pero no se le ocurría nada. Creía que el único peligro que corría esos días era el de caerse y agravar su lesión.

Finn comenzó a farfullar algo y se dio cuenta de que debía de estar teniendo pesadillas.

–Finn, no pasa nada, estás en casa –le dijo con suavidad.

Sus ojos se abrieron de golpe y vio que acababa de darse cuenta de lo que pasaba y dónde estaba, pero nada podía haberla preparado para lo que ocurrió después.

–Gracias a Dios –murmuró él mientras alargaba las manos hacia ella.

Finn tiró entonces de la colcha para cubrirlos a los dos y la abrazó.

Capítulo 6

SIENNA abrió la boca para protestar, pero pudo sentir como el pulso de Finn comenzaba a normalizarse y como cada vez temblaba menos. Cinco minutos más tarde, notó que su respiración era más relajada y profunda. Aún la abrazaba, pero con menos fuerza, y se dio cuenta de que se había vuelto a dormir.

Se movió despacio para apartarse, pero Finn se aferró a su cuerpo y ella dejó de intentarlo.

No se sentía incómoda, tenía la cabeza sobre la almohada y estaba llena de compasión hacia ese hombre que había luchado tanto por recobrar su movilidad. Pero aún seguía luchando contra otros demonios que no le dejaban dormir.

Era fácil imaginarse que esas pesadillas las había traído el terrible accidente y la pérdida de Holly. Se dio cuenta de que no podía negarle unas horas de sueño tranquilo. Si su presencia conseguía calmarlo, se quedaría a su lado.

Y también ella sintió esa calma, una paz que había añorado durante mucho tiempo. Se sintió tan bien en su compañía que acabó durmiéndose también.

El amanecer la despertó. Su luz clara y ligeramente rosada se colocaba entre las cortinas e iluminaba la habitación y al hombre que estaba a su lado, observándola. Finn.

Pero había mucho más. Más de lo que Sienna podía haberse imaginado. Podía sentir el calor de su cuerpo. Sus brazos alrededor hacían que se sintiera segura, como si hubiera vuelto a casa después de pasar demasiado tiempo fuera. Se dio cuenta de que aquello tenía sentido.

Sus ojos se enternecieron al mirarlo y tocó con suavidad su cara.

–¿Estás mejor? –susurró ella.

–Mucho mejor –contestó él mientras giraba ligeramente la cara para besarle la mano.

Todo ocurrió entonces sin que supiera muy bien cómo ni por qué, pero le daba la impresión de que estaba escrito en alguna parte que tenía que suceder así, como si ella no tuviera nada que decir al respecto. Cuando Finn la besó, le pareció natural devolverle el beso.

Cuando deslizó las manos por debajo de su pijama, le encantó sentir a Finn acariciando sus pechos. Cuando se concentró en su cintura, ella le respondió besándole sus hombros.

Finn le bajó después los pantalones del pijama y agarró sus caderas. Ella se dejó llevar y permitió que fuera el intenso deseo el que dominara sus movimientos.

Se sentía como una llama danzando al ritmo del viento, más viva que nunca cuando él comenzó a jugar con sus pezones y a excitarla de una manera completamente nueva para ella.

Estar con él era la experiencia más embriagadora que podía imaginarse. Era increíble sentir su masculino aroma rodeándola y su cálida piel contra la suya.

Llegó entonces el momento y ella se contrajo durante un segundo, tiempo suficiente como para que él lo notara y se diera cuenta entonces de por qué había reaccionado así. Finn disminuyó entonces el ritmo y fue increíblemente tierno con ella hasta que la sensación de dolor desapareció y fue el intenso deseo el que la dominaba de nuevo.

Se movieron a la par, como una sola persona y alcanzando el clímax a la vez. Después se abrazaron con fuerza mientras recuperaban el aliento y despertaban de nuevo a la realidad.

—Si lo hubiera sabido... —murmuró él.

—No pasa nada. Ha estado bien. Bueno, mucho mejor que bien —le aseguró ella sin dejar de pensar en lo que acababa de vivir.

—Entonces... ¿Te casarás conmigo, Sienna? —le preguntó Finn mientras le acariciaba el pelo.

Abrió la boca sorprendida.

—No... No sé... No sé qué decirte... Yo...

No le salían las palabras. Se sonrojó al ver como la miraba él divertido.

—Sé lo que debes de estar pensando.

—¿Sí?

—Sí. Sé que es extraño verme en esta situación y que esté indecisa, pero...

—¿Cómo? ¿Desnuda, saciada, preciosa y sin ganas de irte de aquí? —le preguntó él.

Hizo una mueca al escucharlo y apoyó su cara en el hombro de Finn.

—Como te decía, es muy extraño, pero la verdad es que no sé por qué ha pasado. Lo creas o no, siempre pensé que era una mujer con buen juicio y la cabeza sobre los hombros. Pero últimamente, todo eso ha cambiado.

Finn sonrió y la besó en la cabeza.

—No, eres una mujer muy cuerda y me has devuelto a mí la cordura. No sé qué haría sin ti —le dijo él—. ¿Qué es lo que querías hablar conmigo?

Volvió a sonrojarse. Había pasado de estar confusa porque no sabía si debía acostarse con él a simplemente hacerlo sin que le preocupara que pudiera bloquearse en el momento menos indicado. Se había preparado para contarle lo contradictorios que eran sus sentimientos en esa materia, pero había terminado por demostrarle con sus actos que tenía las cosas muy claras.

–La verdad... –comenzó ella sin saber muy bien cómo salir del paso–. La verdad es que ahora ya no es importante. Iba a contarte que era virgen y por qué.

–Eso no me importa en absoluto, Sienna. Bueno, sí que me importa –se corrigió Finn entonces–. Es un honor. Es... Siento como si sólo fueras mía y es algo muy especial, una sensación que durará siempre.

Finn la miró a los ojos.

Le costaba respirar con normalidad. No podía dejar de pensar en todo lo que había sentido y vivido entre sus brazos y en esa cama sólo unos minutos antes. Sentía que algo había cambiado dentro de ella, algo que lo unía a él para siempre.

Su pelo, sus fuertes manos en su cuerpo, la imponente pared de su torso contra sus pechos. Eran sensaciones increíbles.

Se dio cuenta de que todo había cambiado entre los dos. No podía seguir pensando sólo con su mente porque, en su interior, su cuerpo había aprendido a reaccionar a los estímulos de ese hombre con un lenguaje propio.

Las cosas habían cambiado y se conocían de verdad, incluso en el sentido bíblico. Y nadie podría cambiar eso ya. Pero aún había cosas entre ellos que no habían superado. Pensó en Holly Pearson y en su trágica muerte. Y después en Dakota y James.

–¿Qué pasaba en tu pesadilla? –le preguntó de repente.

Finn se apartó de ella y se cubrió los ojos con el antebrazo.

–Tardaron un par de horas en sacarme del coche, todo estaba en llamas. Yo estuve consciente todo el tiempo. Es algo difícil de olvidar.

–Finn... –exclamó ella abrazándolo.

Se quedó helada al escuchar sonidos en la casa.

–Empieza un nuevo día –murmuró él–. Pero ni pienses en escaparte de nuevo. Ya hemos tenido demasiadas interrupciones, Sienna. Y nadie va a entrar aquí sin ser invitado.

Sonrió al escucharlo.

–No pensaba escaparme.

Finn recorrió su cuello con los dedos y bajó hasta sus pechos.

–El aroma de tu piel y de tu pelo llevan tanto tiempo atormentándome... Ha sido increíble tenerte en mis brazos y ver cómo te movías. Me has atrapado por completo. No conozco a nadie más lleno de vida y pasión que tú. Eres fascinante...

Lo miró con los ojos muy abiertos.

–Así me sentía... Bueno, no fascinante, pero...

Finn le puso un dedo en los labios para hacerla callar.

–Lo eres, Sienna.

Suspiró al escucharlo.

–La verdad es que me gustaría no tener que admitir que todo ha sido mérito tuyo, pero dadas las circunstancias y lo que sabes ahora de mí, no me queda más remedio.

Finn hizo una divertida mueca, después se puso serio de nuevo.

–El caso es que nos necesitamos el uno al otro, Sienna. ¿Te imaginas ahora sin mí? Porque yo sé que no puedo. Y no hablo sólo de lo que ha pasado, sino de ti.

Cerró los ojos al escucharlo. Le emocionaban sus palabras y todas sus dudas desaparecieron. Aun así, no pudo evitar pensar en Holly y en cómo sería que él llegara a quererla tanto como había querido a su malograda prometida.

Con la declaración que acababa de hacerle, le aseguraba que todo había quedado ya en el pasado.

Pensó en James y se dio cuenta de que no podía haber estado tan loca por él como había creído entonces porque nunca había llegado a sentir lo que sentía en ese momento. Quizás, lo que más le había dolido de aquello no había sido que la dejara, sino que lo hiciera por su hermana Dakota. Ese asunto aún le dolía, pero se dio cuenta de que no justificaba un enfado de dos años.

—¿Puedo ofrecerte un penique por tus pensamientos?

—La verdad es que no me puedo imaginar sin ti en mi vida, Finn. Así que... Si tú estás seguro...

—Muy seguro —repuso él abrazándola con fuerza—. Muy, muy seguro.

Dos semanas después, celebraron su boda en Waterford. Ella había vuelto antes a Brisbane para comprarse un vestido de novia.

Cuando hablaron de fechas para la boda, Finn le había dicho que se imaginaba que su vida iba a ser muy complicada durante un tiempo gracias a su ya casi completa recuperación.

—He tenido que aplazar tantas cosas durante este tiempo, viajes y cosas así, que tendríamos que esperar un par de meses para casarnos o hacerlo cuanto antes —le había dicho Finn.

—¿Podría ir contigo?

–Por supuesto, puedes viajar conmigo cuando quieras, aunque me temo que muchos de esos viajes serían muy aburridos para ti. Por cierto, ¿vas a querer seguir trabajando?

–Bueno, no había pensado en ello, pero sí, no podría dejarlo. Por supuesto, lo haría sólo a tiempo parcial y no dejaría que se interpusiese en nuestra vida, pero... ¡No me puedo creer que no me haya parado a pensar en ello!

–Yo sí me lo creo.

–Veo que tú sí que habías pensando en ello.

–Sí y por dos motivos. Sé que es muy importante para ti y eres muy buena en tu trabajo. Por otro lado, los negocios me quitan mucho tiempo, a veces demasiado. Y será para mí un descanso saber, cuando no pueda estar contigo tanto como quiero, que tú estás feliz y con un trabajo que te llena.

–Gracias.

–¿Qué te parece lo que te he dicho antes? ¿Deberíamos esperar o...?

No veía motivos para esperar. No quería tener tiempo para darle vueltas al asunto y empezar a tener dudas.

–No, hagámoslo ya, Finn.

–Así será –le había contestado él–. Pero quiero que tengas claro que habrá momentos en los que los negocios...

–¡Entendido, jefe! –lo había interrumpido ella entonces.

Finn la había tomado entonces entre sus brazos y besado apasionadamente.

Alice decidió superar el pavor que le daban los ranchos y llegó a Waterford una semana antes de la boda. Se encargó de todo en cuanto llegó y toda la esperanza que tenían Finn y Sienna de que su boda fuera pequeña, se desvaneció en cuanto llegó Alice McLeod. Les dijo que Peter y Melissa Bannister también acudirían a la ceremonia, igual que Declan y su última conquista, una voluptuosa rubia llamada Tara.

Se quedó perpleja al oírlo.

—¿Tara? Ése no era el nombre de la joven con la que estuvo aquí hace sólo un par de semanas —le dijo a Finn.

—Mi hermano cambia de novia con tanta frecuencia como se cambia de ropa.

Hablaron de qué hacer con la familia de Sienna. Todos estaban inmersos en las preparaciones de la boda de Dakota. Su madre y su hermana la llamaban casi todos los días para hablar con ella de esa boda. Decidió que, aunque podía romperle el corazón a su madre no asistir a la boda de su hija, se sentiría feliz al ver que por fin había rehecho su vida.

Sólo le quedaba una duda sobre la boda.

—Sé que decidimos no esperar, pero si tú cambias de opinión, lo entendería —le dijo a Finn un día.

Habían salido a dar una vuelta con el todoterreno y se habían parado para contemplar a una enorme manada de reses bebiendo de un estanque. Empezaba a atardecer y la planicie se llenaba en esos instantes de color.

—¿Por qué iba a quererlo?

—No sé, por respeto a la memoria de Holly —repuso.

Ella era la que había estado conduciendo esa tarde. Acarició el volante mientras hablaban y se detuvo unos segundos para contemplar de nuevo su maravilloso anillo de compromiso. Era una banda de oro con un diamante rosa rodeado de diminutas perlas.

Finn se quedó callado bastante tiempo, sin contestarla. Después se pasó las manos por el pelo en un gesto de desesperación.

–No.

–Es que pensé...

Pero no sabía muy bien cómo continuar la frase. Pensó que quizás debería borrar el pasado de Finn de su mente y no volver a repetir el nombre de esa mujer.

–¿Qué pensaste? –le preguntó él entonces.

–Era sólo una idea, nada más.

–Ésa es una de las cosas que más me gusta de ti, señorita Torrance. Eres una persona muy considerada. Y también muy cuerda...

Hizo una mueca al oírlo, no era el tipo de halago que esperaba de su futuro marido.

–Gracias, pero...

–Bueno, hay muchas más cosas que podría decir sobre ti –la interrumpió Finn–. Me encanta cómo estiras las piernas y los dedos de los pies cuando te toco en algunos sitios. Me fascina cómo reaccionas cuando adoptamos cierta posición y...

–¡Finn! –lo detuvo entonces ella sin poder evitar el sonrojo–. No...

–¿No qué? ¿No quieres que te tiente? –le preguntó con picardía–. No intentaba hacerlo, la verdad. No es el sitio adecuado y no quiero que escandalicemos a esas pobres vacas. Además, este todoterreno no es el sitio más cómodo.

Se echó a reír al escucharlo y Finn la rodeó con sus brazos.

–¿Sabes que mi tía está encantada contigo?

–Me lo ha dicho –repuso ella al recordar esa conversación–. Me dijo que soy exactamente lo que necesitas.

–Alice no es tonta y está en lo cierto, una vez más.

–Pero pensé que le sorprendería más el compromiso, que se preguntaría cómo había pasado todo o que nos aconsejaría que esperásemos un poco más.

–Creo que piensa que ya he esperado demasiado para tener hijos.

–La verdad es que me preguntó si estaba embarazada.

–¿Ves? Conozco muy bien a mi tía.

–Todos parecen haberlo aceptado muy bien. Tu hermano me llamó y me dijo que, si tú no hubieras decidido casarte conmigo, él mismo se lo habría planteado.

–Mi hermanastro –la corrigió Finn después de un momento de silencio.

No comprendió muy bien por qué lo había hecho.

–Así es Declan, siempre es igual.

–Pero no te gusta la vida que lleva.

–No, no me gusta. Pero me imagino que no ha sido fácil para él. Yo perdí a mi padre, pero él perdió a los dos, a su padre y a su madre de golpe.

–Me da la impresión de que tu tía se portó siempre muy bien con él.

–Sí.

Vio que Finn no quería hablar más del tema y se sintió algo incómoda.

–A pesar de todo, no hay ninguna razón para que no pueda besarte aquí, ¿verdad?

–Si eso es lo que quieres...

Finn la atrapó en sus brazos y la acercó a su torso hasta que sus caras quedaron a pocos centímetros de distancia. Se fijó en las finas arrugas que enmarcaban sus intensos ojos azules, en cómo le caía el pelo sobre la frente e inhaló con fuerza su masculino aroma. Se quedó después con la mirada fija en su boca y sintió como sus propios labios se separaban y su cuerpo reaccionaba al instante.

–Repite eso –la amenazó él con un susurro.

Suspiró al oírlo.

–Está bien, he cambiado de parecer –concedió ella mientras acariciaba su cara–. Por favor, bésame.

Finn sonrió y la besó. Para cuando se separaron de nuevo, ya era casi de noche.

Esa misma noche, Sienna se preguntó de nuevo antes de quedarse dormida si habría llegado el momento de borrar la memoria de Holly Pearson de su memoria. Y decidió que sí.

Cambió de parecer cuatro días antes de la boda. Aunque no tuvo la culpa Holly.

Interrumpió a Finn mientras estaba reunido en la sala donde comían todos con algunos de los mozos del rancho. Echó a todo el mundo de allí y se sentó frente a él.

–No puedo hacerlo –le dijo con tono trágico.

Notó que él se quedaba conmocionado y que después levantaba una muralla a su alrededor.

–¿Por qué no?

–No está bien. ¡Nunca podría perdonármelo!

–¿De qué demonios estás hablando? –le preguntó de mala manera–. ¡Sienna, no seas tonta!

Le sorprendieron sus palabras, pero pudo reaccionar después de un momento.

–Puede que a ti te parezcan tonterías, pero yo no opino igual, Finn McLeod. Puede que haya aceptado casarme contigo, pero no me gusta que me insulten.

Fue entonces Finn el que pareció sentirse sorprendido por sus palabras.

–Pero... Pero pensé que habías cambiado de opinión, que ya no querías casarte conmigo.

–¿Cuándo he dicho yo eso?

Finn apretó la mandíbula con frustración.

–Acabas de entrar aquí y decirme que no puedes hacerlo, que no estaría bien, que no podrías perdonártelo nunca...

–¡Ah! Sí, bueno, lo que quería decir... ¿Pensaste que...? No, lo siento. Lo que quería decir es que no puedo casarme sin que mi familia esté presente. Todos menos el prometido de mi hermana, claro. Así que tenemos que llevar la boda donde ellos están o traerlos aquí...

Finn maldijo entre dientes.

–Tampoco me gustan esas palabras –le dijo ella con seriedad.

Pero había humor en su mirada mientras alargaba la mano hacia él por encima de la mesa. Finn dudó un segundo y la aceptó.

–Me has dado un susto de muerte...

–Sé que estoy siendo egoísta, pero me alegra que te sintieras así.

–¿Te alegra que me preocupara?

–Sí –repuso ella con una traviesa sonrisa–. En fin, el caso es que me cuesta pedirte esto porque te acusé una vez de conseguir siempre todo lo que quieres.

–Dímelo, Sienna.

–¿Podrías usar de nuevo tu varita mágica para traerme a mis padres y a mi hermana hasta aquí?

–¿Quieres que vengan en avión?

–Sé que costaría muchísimo dinero, no quiero ni pensarlo –admitió con una mueca de desagrado–. Pero es la única manera de hacerlo con tan poco tiempo.

–Sólo te pido una condición.

–¿Cuál?

–No dejes que te convenzan para que no hagas esto, Sienna.

–Finn, yo tomo mis propias decisiones. No voy a dejar que mis padres me hagan cambiar de opinión, aunque dudo mucho que quisieran hacerlo.

–¿No crees que van a pensar que es una especie de boda forzada? ¿Una reacción ante la inminente unión de Dakota y James? ¿O que al menos te estás precipitando un poco?

–¿Quién eres tú? ¿El abogado del diablo?

Él apretó su mano y la soltó.

–Supongo que sí, pero intento analizarlo desde mi punto de vista. Nosotros sabemos que tenemos todas las razones adecuadas para casarnos, pero puede que no sea tan fácil explicárselo a los demás. Y temo que sientas esa presión cuando menos la esperas.

–¿Cómo se lo explicaste tú a Alice?

Finn se encogió de hombros.

–Le dije que era lo que quería hacer y que estaba muy seguro de lo que quería.

–¿Eso es todo?

–Sí.

Tomó de repente una decisión.

–Finn, créeme, yo puedo hacer lo mismo.

–Pero ¿cómo vas a explicarles que hayas esperado hasta ahora para invitarlos?

–Les diré que no queríamos eclipsar la boda de Dakota, pero que luego nos dimos cuenta de que para ella supondría quitarse un gran peso de encima al ver que ya no tenía que preocuparse por mí. No sé si debería decirles que decidimos casarnos tan rápidamente porque no podíamos esperar...

–La verdad es que todo lo que has dicho es la verdad, para mi desgracia... –repuso Finn–. No sé en qué estaba pensando...

Rieron juntos al recordar que Finn había sido el que había sugerido que no durmieran juntos hasta después de la boda, sobre todo con los invitados ya en la casa.

Ella había estado de acuerdo. No le importaba ya compartir lecho con él, pero le avergonzaba hacerlo con la casa llena de gente.

–No queda mucho –le recordó ella–. Y tú no eres el único que está sufriendo.

Finn la miró con ternura.

–Muy bien, pongámonos manos a la obra entonces...

Capítulo 7

¿FELIZ?

Sienna pensó en el que había sido el día de su boda y asintió con la cabeza para contestar a Finn.

Todo había ido muy bien.

Se había casado con Finn McLeod vestida con un vestido blanco que delineaba su figura. El pelo lo había llevado suelto y adornado con pequeños capullos azules y blancos. Un pastor había llegado desde Augathella para celebrar la ceremonia.

Alice McLeod había puesto todo su saber hacer en el banquete que siguió a la boda. Estaba acostumbrada a organizar ese tipo de eventos y había sido la perfecta anfitriona. En la boda habían estado presentes sus familias, vecinos de otros ranchos de ese distrito y algunos amigos que Finn había invitado.

Había sido un alivio que James no hubiera aparecido por allí, pero le había encantado tener a su familia al lado. Tal y como Finn había temido, a su familia le preocupaba que se casara de manera precipitada, pero se tranquilizaron cuando ella les contó que hacía meses que se conocían.

Pero Dakota era la que más aliviada se había sentido al verlos juntos.

–Hacéis... Hacéis muy buena pareja –le había dicho su hermana en privado y sin poder contener las lágrimas–. No sabes lo que significa para mí verte así porque no sabía si iba a poder algún día llegar a perdonarme por lo que...

–Cariño, cásate con James con la conciencia muy tranquila –le dijo ella mientras la abrazaba–. ¡Créeme, lo digo en serio! Lo único que te pido es que te asegures de que papá y mamá se den cuenta de que estoy bien.

Le encantó estar con ella de nuevo después de dos largos años separadas. Pero le dio la impresión de que, aunque sus padres parecían más relajados, Dakota cada vez estaba más nerviosa.

Finn había sido encantador con sus padres y muy educado. Les había explicado lo mismo que ella y el dilema en el que se habían encontrado. También les dijo que tanto Sienna como él esperaban que su boda no hiciera sino acrecentar la felicidad de Dakota el día que celebrase la suya.

A pesar de que sus padres parecían haberse dejado convencer, su padre la había mirado a los ojos con mucha seriedad unos instantes antes de acompañarla al altar.

–Sienna, cariño...

–Papá –lo había interrumpido ella–. Esto es lo que quiero, de verdad.

Ralph Torrance miró entonces a su hija mayor con ojos llenos de ternura.

–De acuerdo, mi amor. Te diré lo mismo que le diré en unos días a tu hermana. Si me necesitas, llámame.

Sus palabras consiguieron emocionarla y lo abrazó con cariño.

El banquete había estado muy animado. Declan y su novia del momento, Tara, se habían encargado de ello. La joven le cayó bien al instante. No sólo era voluptuosa y rubia, también era muy directa y sincera.

–Puede que haya encontrado en ella a su media naranja –le dijo a Finn al oído mientras observaban a la pareja bailando.

Finn la miró algo abatido.

–Está claro que Tara es todo un personaje –repuso Finn concentrándose en ella–. Bueno, Sienna, lo hemos hecho...

–Sí, lo hemos hecho –repitió ella con seriedad–. ¿Te arrepientes?

Finn la agarró por la nuca y la atrajo hacia él hasta que sus frentes se tocaron.

–No, claro que no. ¿Y tú?

–No –susurró ella.

Finn la besó entonces.

Volaron desde el rancho hasta la bahía de Byron. Se alojaron en la mejor suite de uno de los más lujosos hoteles de la zona.

Sienna estaba feliz, pero también se sentía agotada, física y mentalmente.

Finn le trajo una copa de champán y se sentó al lado suyo en el sofá de terciopelo verde. La playa y el mar se extendían frente a ellos e iban palideciendo mientras caía la noche. Sentía que casi podía tocar el agua con sólo extender la mano.

–¿Qué te pasa? –le preguntó Finn al ver que se quedaba mirando la copa con la vista perdida.

Lo miró a los ojos. No entendía muy bien qué le ocurría.

–Pensé que me sentiría distinta, pero... Pero estoy como si me hubieran dado una paliza.

–Bebe un poco –le sugirió Finn.

Hizo lo que le pedía. Él le quitó después la copa y la tomó entre sus brazos.

–No me extraña que estés cansada. Han sido días de muchas emociones y preparativos. Relájate.

–Pero debería...

–Calla. No tienes que hacer nada.

–¿Ni siquiera cambiarme de ropa y ponerme algo más cómodo y sexy?

–Sienna, todos tenemos derecho a desmoronarnos alguna vez.

–Pero me siento fatal...

–No es verdad. Te sientes cansada, igual que yo. Esto es todo.

Ella recordó entonces su pierna e intentó incorporarse.

–¡Has pasado mucho tiempo en pie estos días! Debería darte un masaje y...

Finn gruñó y la abrazó con fuerza para evitar que se apartara.

–Esto es lo único que me apetece hacer en estos momentos, Sienna Torrance, así que...

–McLeod –lo corrigió ella mientras se relajaba en sus brazos–. Sienna McLeod.

–Es verdad –concedió Finn–. ¿Piensas seguir el ejemplo de tus padres?

–¿A qué te refieres?

–¿Les pondrás a tus hijos el nombre del sitio donde fueron concebidos?

Se echó a reír al escucharlo.

–¿Byron? No, no creo que pudiera hacerle eso a un niño. En caso de que pasara aquí y fuera un niño. No...

Pero las risas se convirtieron de repente en lágrimas.

Finn la abrazó durante mucho tiempo, hasta que notó que Sienna comenzaba a relajarse. Poco antes de que se durmiera, la tomó en brazos y la llevó hasta la cama. Ella se dio la vuelta y se quedó dormida casi al instante.

Se sentó a su lado y se quedó bastante tiempo observándola.

Le había sorprendido mucho verla tan nerviosa. Estaba pálida, casi demacrada.

Se dio cuenta de que no debería extrañarle, habían sido semanas muy tumultuosas y emotivas.

Pero se le vino una idea a la cabeza y pensó que quizás ella tuviera sus propios demonios, razones por las que estar así. Cosas que no había querido compartir con él.

Frunció el ceño y se frotó la barbilla. Recordó que Sienna tenía muchas contradicciones y le había sorprendido más de una vez durante esas semanas.

Se dio cuenta de que si fuera un cínico, y creía que nadie tenía tanto derecho como él a serlo, pensaría que Sienna lo había planeado todo desde el principio, desde que le dijo que iría a Waterford sólo si él accedía a acompañarla a la boda de Dakota.

La idea le golpeó con fuerza. Cabía la posibilidad de que lo hubiera engañado para que se casara con ella.

La miró y se fijó en cómo movía los labios y en cómo agarraba la almohada. Parecía que algo la preocupaba lo suficiente como para no poder dormir con tranquilad.

Se preguntó si se habría casado con él sólo para poder vengarse de su hermana y de James Haig. Quizás acabara de darse cuenta de lo que había hecho y por eso estaba tan nerviosa y alterada.

Lo que no encajaba bien con ese plan era que ella hubiera sido virgen y se hubiera entregado a él como lo hizo.

Pensó que quizás se hubiera casado con él porque

quería tener hijos. Estaba claro que a ella le encantaban los niños, pero había decidido que no quería tener nada que ver con los hombres... O quizás siguiera enamorada de su futuro cuñado.

De un modo u otro, temió que lo estuviera usando para conseguir sus propósitos. Además, Sienna parecía encajar en Waterford a la perfección y cabía la posibilidad de que se hubiera casado con él para hacerse con ese sitio y poder tener descendencia.

Sabía que era una idea algo descabellada, pero no pudo quitárselo de la cabeza. Estaba claro que algo le preocupaba mucho a Sienna.

Cuando Sienna se despertó a la mañana siguiente, recordó todo lo que había hecho que se desmoronara el día anterior.

Holly se había instalado en su subconsciente y no podía olvidarse de ella. Era imposible competir por el amor de Finn con alguien que ya había muerto.

Lo que no entendía era por qué todas esas dudas habían surgido de repente la noche de su boda. Ni siquiera había sido capaz de dormir tranquila.

No había conseguido olvidarse de todas las preguntas que no había podido hacerle al que era ya su marido. Se imaginó que había ido acumulando tensión durante demasiado tiempo.

Temía que Holly estuviera siempre presente en su matrimonio porque una parte de ella creía que nunca estaría a su altura.

Suspiró y se incorporó en la cama. La suite estaba llena de luz.

Había pasado su noche de bodas durmiendo y, vio en ese instante, que además estaba sola.

Se levantó y se puso una bata. Salió del dormitorio

y vio que Finn estaba leyendo el periódico en uno de los sillones.

–Buenos días, Bella Durmiente –le dijo al verla entrar.

–Lo siento mucho. No me puedo creer que hiciera algo así.

–Bueno, es una buena manera de aguarle la fiesta a tu marido, la verdad.

Se sonrojó al escucharlo.

–Supongo que estaba más cansada de lo que pensaba.

–O aburrida.

–¡No, claro que no! –exclamó ella.

No entendía nada, Finn parecía hablarle en serio.

–¿Te estás riendo de mí?

–Claro que me estoy riendo de ti –repuso él–. O quizás me ría de mí mismo. No es precisamente algo de lo que uno pueda sentirse orgulloso. En mi noche de bodas, conseguí que mi esposa se quedara dormida –añadió entre risas.

–¡Déjalo ya!

–Ven aquí, Sienna.

Se acercó despacio a él mientras éste se ponía en pie. Después se abrazaron.

–Siempre podrías resarcirme por lo de anoche –le sugirió Finn.

–Entonces, ¿no estás enfadado? –preguntó aliviada.

Finn la miró durante largo rato. Ella no sabía qué esperar de él y contuvo el aliento.

–Siempre que me dejes hacer esto...

La besó entonces hasta dejarla sin respiración y el beso los llevó hasta el dormitorio, donde compartieron un momento de apasionada intimidad.

–Siempre me han encantado tus caderas –le dijo Finn después mientras exploraba sus curvas.

–¿Qué tienen de especial?

–Son... Son espléndidas.

Se quedó callada un segundo.

–Eso no suena demasiado sexy.

Finn levantó la cara para mirarla a los ojos.

–¿Qué?

–¿Qué quieres decir?

–Me dio la impresión de que estabas pensando en algo...

Se mordió el labio al escucharlo.

–¿Cómo lo sabes?

–No lo sé, pero me doy cuenta de esas cosas.

–Bueno, verás... Siempre había estado convencida de que no era una mujer demasiado sensual, la verdad.

Se sonrojó de nuevo al ver como Finn la miraba de arriba abajo. Después apoyó la cabeza en su mano y recorrió con un dedo el espacio entre sus pechos. Le encantaba cómo la hacía sentir.

–¿Has cambiado de opinión?

–Sí, pero es mérito tuyo, no mío.

Finn rió y siguió acariciándola más abajo.

–Yo no estoy de acuerdo, Sienna.

–¿Qué quieres decir?

–Que yo no estaría aquí si no lo quisiera de verdad y tú eres la culpable de que me sienta así. ¿Me crees?

Suspiró al notar los dedos de Finn entre sus muslos.

–Sí, te creo... –contestó ella entre gemidos.

Pasaron cuatro días estupendos en la bahía de Byron. O casi estupendos.

Condujeron hasta el faro, que estaba en un escarpado acantilado. Era el punto más oriental de toda Australia y pudieron contemplar un grupo de ballenas nadando hacia el sur.

El resto del tiempo lo pasaron en la playa, disfrutando de los restaurantes y tiendas de la zona, y cenando juntos por la noche en el balcón de su suite.

Hablaron mucho y llegaron a conocerse mucho mejor, pero de vez en cuando lo miraba y se encontraba con el rostro preocupado e intranquilo de Finn. Otras veces captaba algo en su voz que no llegaba a entender.

Se preguntó si habría algo más que no sabía, algo que iba a poner en peligro una relación que acababa de nacer.

Lo que menos podía sospechar era que sucedería tan poco tiempo después de su luna de miel.

Capítulo 8

DESDE la bahía de Byron volvieron directamente a Eastwood porque Finn tenía una reunión muy importante en Rockhampton, al norte de Brisbane.

Finn le aseguró que tenían que tratar temas relacionados con la ganadería y los pastos, que haría mucho calor allí y que no tendría tiempo para ella. En pocas palabras, le dejó muy claro a Sienna que prefería que no lo acompañase en ese viaje.

De mala gana, aceptó no ir con él. Recordó que además tenía algunos asuntos pendientes que necesitaban su atención. Y Finn sólo estaría fuera un par de días.

Por otro lado, tenía que prepararse para la boda de Dakota.

La primera noche que pasaron juntos en Eastwood, Finn le presentó al servicio de la casa y le dijo que cambiara lo que quisiera o que lo dejara todo en manos de Walt.

—Creo que eso es lo que haré —repuso ella.

—Muy bien. No hagas nada que yo no haría —le dijo él a modo de despedida en la terraza.

—Nunca lo haría —prometió ella después de besarlo—. Y tú cuida tu pierna, no quiero que vuelvas a ser mi paciente. Por cierto, que no se te olvide que el sábado es la boda de Dakota.

—Lo tengo presente. Y eso me recuerda que tenemos

una cena formal la noche de mi regreso. Es el décimo aniversario de una empresa que formé con un amigo. Tendrás ocasión de conocer a Marcus y a su esposa, Liz.

–¿Una cena formal? ¿Debería llevar traje largo?

–Sí, ¿por qué? ¿Hay algún problema?

–No, no es eso. Pero no sabría que no ponerme. Estoy pensando en la ropa que tengo...

–A mí siempre me parece que estás guapa. Sobre todo sin ropa –añadió él con picardía.

–Gracias –repuso ella con rubor–. Pero es que no tengo demasiada ropa. Pero bueno, supongo que eso es algo que puede remediarse con un buen día de compras. Será un placer hacerlo.

–Buena idea.

Se despidieron y se quedó allí viendo como se alejaba el coche. La invadió de repente una extraña sensación de ansiedad.

Temía que su matrimonio fuera a ser siempre así, unos cuantos encuentros apasionados, pero también mucho tiempo sola.

Finn ya le había advertido que iba a tener mucho trabajo, pero sólo llevaban cinco días casados.

Las mismas dudas de siempre la asaltaron entonces.

Sienna volvió a entrar en la casa y paseó por ella. Todo estaba en silencio.

No podía creer que viviera allí. Seis semanas antes, había sido una empleada más. Ahora tenía un juego de llaves de esa mansión y derecho a cambiar lo que quisiera.

Pero creía que a nadie en su sano juicio se le ocurriría querer cambiar nada. Le encantaban sus antigüedades y su elegancia, las grandes ventanas y los pesados cortinajes. Las vistas del río y los jardines eran espectaculares y no se cansaba de mirarlos.

La zona más privada de la casa era además la más cómoda e informal. El dormitorio principal tenía su propia salita, una pequeña cocina y un patio privado lleno de plantas y flores.

Había llegado el momento de ponerse a hacer algo y empezaría por deshacer las maletas, algo que no había podido hacer la noche anterior.

Se preparó una taza de café y fue al dormitorio. El ama de llaves se había ofrecido a deshacer su equipaje, pero ella se negó. No se acostumbraba a tener gente a su servicio.

El ama de llaves también hacía las veces de cocinera. Había además dos asistentas que trabajaban allí a diario y un jardinero que se encargaba asimismo del mantenimiento de la piscina. Dos veces por semana, se acercaba la persona que hacía la colada y la plancha. Y luego estaba Walt, que lo controlaba todo.

Le pareció demasiada gente para sólo una persona, pero se dio cuenta de que era una casa muy grande que necesitaba muchos cuidados.

–Toda la vajilla y la cristalería de la casa se limpian una vez a la semana, aunque no se hayan usado. Hay muchas antigüedades valiosas que hay que cuidar para que el polvo no las dañe. Es mucho trabajo. Por otro lado, se celebran cenas y veladas en la casa que también requieren mucha preparación –le había explicado Walt–. La señora Lawson, el ama de llaves, puede ayudarla con su ropa, pero si prefiere a otra persona...

Estuvo a punto de decirle que su ropa no necesitaba apenas cuidados, pero no quería escandalizar al pobre mayordomo. Además, se dio cuenta de que quizás había llegado el momento de ampliarlo.

Le encantaba el dormitorio principal. No se cansaba

de mirar los suelos de madera, las lujosas alfombras y la enorme cama con dosel. Y el resto de los muebles eran auténticas joyas esculpidas en madera. Y tenían además dos cuartos de baño. Uno para Finn y otro para ella.

El vestidor estaba perfectamente organizado con multitud de cajones y estanterías. Comprobó mientras guardaba su ropa que la madera parecía estar perfumada. Tenía que traer aún más cosas de su piso y decidir qué iba a hacer con los muebles.

Estaba colgando la última prenda, un vestido con cinturón, cuando éste se cayó tras los estantes de los zapatos.

Se agachó para intentar rescatar el cinturón, pero no podía ver nada. Se dio cuenta entonces de que los estantes donde estaba el calzado se podían separar de la pared en una sola pieza. Lo arrastró un poco hacia delante y sacó su cinturón y un papel.

Lo abrió y vio que no era la letra de Finn. Lo leyó y se quedó con la boca abierta.

No pienses que puedes hacerme esto, Finn, no voy a permitir que me des de lado. Laura se rió de tu padre durante años. ¿Quieres ver esa historia en los periódicos? Pues tengo más aún.

La nota la firmaba Holly.

Se puso en pie y salió del vestidor con el papel en la mano. Se dejó caer sobre la cama y volvió a leerla. No le encontraba el sentido.

Lo único que pudo sacar en claro era que quizás Finn y Holly no hubieran sido la pareja perfecta que ella se había imaginado. No podía creer que ella lo hubiera chantajeado de esa manera.

Laura había sido la madre de Declan. Se preguntó si aquello tendría algo que ver con el hermanastro de Finn.

Había pensando a menudo en la pareja que Finn había formado con Holly, pero nunca se le había pasado por la cabeza que no fueran felices. Recordó entonces una conversación que había tenido con él cuando Finn intentaba convencerla para que se fuera a Waterford. Le había dicho que no temía enamorarse de su fisioterapeuta porque él había tenido lo mejor y lo había perdido. Finn no había esperado volver a tener nunca esa suerte. Pero lo que mejor recordaba de ese instante era su tono de voz; había habido algo que no había sabido interpretar entonces.

Se acordó también de que a Finn no pareció afectarle que lo invitara a la boda de su hermana cuando él podía estar aún sufriendo después de que su boda con Holly tuviera que anularse.

Tampoco le había preocupado que lo relacionaran con ella en la prensa del corazón si los periodistas se enteraban de que habían asistido juntos a la boda de Dakota.

Y, por encima de todo, no le había importado casarse poco después del accidente.

No entendía por qué Finn no le había contado la verdad. No sabía qué era peor, ver que Holly no había sido el amor de su vida o que Finn no hubiera confiado en ella para contárselo.

El teléfono sonó entonces a su lado.

–¿Sí?

–La señorita McLeod ha venido a verla, señorita... señora McLeod –le anunció Walt.

–Gracias, ahora mismo bajo.

Se levantó y metió la nota en su bolsillo. Después fue corriendo al baño a arreglarse.

Alice la esperaba cómodamente instalada en el salón. Se levantó al verla entrar para darle un abrazo. Después frunció el ceño.

–¿Cómo estás? Pareces un poco pálida –le dijo la mujer.

–Estoy bien –repuso Sienna–. Tú tienes un aspecto estupendo.

Alice llevaba un traje azul claro que le sentaba muy bien.

–Tengo una comida con gente de una asociación benéfica. Pero me enteré de que estabas sola y decidí pasarme un rato para charlar. Además, tengo fotos de la boda.

Disfrutaron viéndolas y recordando ese día hasta que llegaron a una de Declan con Tara.

–Ojalá Declan encontrara a alguien tan bueno como tú –le confesó la mujer.

–Gracias –repuso ella–. La verdad es que Tara me gustó. Parecían hacer buena pareja.

–Pero no tiene demasiada clase, ¿no te parece? –comentó Alice–. Me da la impresión de que Declan tiene un acusado complejo de inferioridad. No es fácil estar a la sombra de Finn. Nunca ha tenido que asumir las responsabilidades de su hermano mayor y cuando le hemos dado un voto de confianza... Bueno, será mejor no comentarlo.

Se quedó mirándola con la boca abierta.

–Por otro lado, su madre era preciosa. Tenía una belleza llamativa, pero poco más. A pesar de lo que te digo, no creo que los hijos hereden los pecados de los padres. De creerlo, no habría acogido a Declan como lo hice. A veces pienso que lleva la vida que lleva sólo para escandalizar a Finn.

–Pero ellos no se llevan mal, ¿no?

–Cariño, me temo que siempre habrá un abismo entre ellos. Puede que mantengan las apariencias, pero las diferencias siguen ahí. Por supuesto, nunca hablaría de esto con alguien ajeno a la familia, pero tú eres ahora un miembro más de la familia y esta mujer...

–Tara.

–Sí, me da igual como se llame, pero no me gusta en absoluto.

–Alice, creo que deberías dejarlo estar. Si Declan lo hace para molestaros a ti y a Finn, dejará de hacerlo si ve que no os inmutáis.

La señora hizo una mueca de desagrado.

–Supongo que tienes razón –repuso mientras guardaba el álbum de fotos y miraba a su alrededor–. ¿Has decidido hacer algún cambio? Yo crecí en esta casa, ¿lo sabías?

–No, no tengo nada en mente. Creo que es preciosa tal y como está.

–Holly habría...

Alice se detuvo sin terminar la frase.

–¿Ella habría hecho cambios? –preguntó sin poder controlar su curiosidad.

–A Holly le gustaba dejar su huella en todo. No le gustaban las ideas de otras personas. La verdad es que siempre me llamó la atención esa pareja. Finn no es el tipo de hombre que deje que otra persona lo domine, pero hay que tener en cuenta que es un hombre rico, eso cambia las cosas. ¿Está bien Finn? –le preguntó de repente.

–Sí –repuso ella sin perder la calma.

–No tengas en cuenta lo que digo. Sólo soy una vieja solterona, pero tengo algo de experiencia y no estoy ciega. Sé que no está siendo fácil para ti, pero no pienses ni por un segundo que estás viviendo a la sombra de Holly porque tú eres mucho mejor para Finn de lo que ella nunca fue. Bueno, será mejor que me vaya ya. Dame un beso.

Sienna volvió a una de las salitas después de despedirse de Alice. No podía dejar de dar vueltas a todo lo que estaba descubriendo ese día.

Estaba claro que Holly no había sido del agrado de Alice. Hasta había sugerido que era algo manipuladora.

Lo que no le había quedado tan claro era si Alice creía que Finn iba a ser capaz de superar lo de Holly. Pensó que por eso le había preguntado cómo estaba.

Recordó de nuevo la nota. Le hubiera encantado saber qué papel había jugado Declan en el chantaje y si era la causa del abismo que había entre los dos hombres.

A pesar de todo, tenía que estar contenta al saber que Finn no podía seguir queriendo a Holly. No lo creía posible después de enterarse de que ésta lo había estado chantajeando.

Se miró las manos, le temblaban y no podía hacer nada para controlarlo. Finn le importaba demasiado como para pensar en perderlo. Sabía que eso sería más de lo que podría soportar.

Lo que no comprendía era por qué no se lo había contado, por qué no había confiado en ella.

Hablaron por teléfono esa noche. Cuando colgó, lo hizo con la seguridad de que todo seguía igual entre ellos.

Se fue a la cama con la convicción de que debía olvidarse de todo aquello y esperar a que Finn estuviera listo algún día para contarle la verdad sobre Holly.

Capítulo 9

TIENE visita, señora McLeod.

Sienna se sobresaltó al oír esa voz. Estaba en el patio privado de su dormitorio, disfrutando del sol antes de que hiciera demasiado calor. Finn tenía que volver esa misma tarde. Habían hablado de nuevo esa mañana y ella le había estado contando todo lo que había hecho con su piso de soltera.

Se dio la vuelta y se encontró con la señora Lawson detrás de ella.

–Gracias. ¿Quién es?

–Un tal señor Haig.

–¿Haig? –repitió con incredulidad.

–Sí, la espera en el salón. Me ha dicho que es urgente.

Se levantó de golpe, pensando que algo le había pasado a Dakota o a sus padres.

Fue deprisa al salón y se encontró con James Haig. No sabía qué pensar.

–James, ¿qué ha pasado? ¿Por qué estás aquí?

Estaba tan guapo como lo recordaba, con su pelo castaño algo rizado y sus ojos color avellana. Llevaba un elegante traje que le recordó el éxito que tenía como corredor de bolsa. Todo era perfecto y normal, menos su expresión. Parecía muy alterado.

–¡Sienna! Tu hermana quiere suspender la boda.

No pudo contener una exclamación de sorpresa.

–Pero ¿por qué?

–Me ha dicho que tú le hiciste comprender que nosotros no teníamos lo necesario como pareja para dar ese importante paso. ¿Qué es lo que le dijiste?

Se quedó sin palabras durante unos segundos.

–No... Nada. Le dije que se casara contigo con la conciencia tranquila.

–No me lo creo, tiene que haber algo más. Bueno, da igual, el caso es que tienes que hablar con ella, Sienna. Sólo quedan unos días para la boda, ¿qué va a pensar la gente? ¿Cómo puede hacerme esto?

–¿Es eso todo lo que te preocupa?

–¿No te parece suficiente? Sienna... –le dijo mientras se acercaba a ella y la agarraba por los hombros–. Tienes que hablar con ella, por favor.

–Pero...

–Hazlo por mí, si es que aún me quieres. Y me imagino que sí, de otro modo no te habrías casado tan rápidamente con Finn McLeod.

Fue en ese momento cuando supo por fin cómo era James Haig. No entendía cómo no había visto lo superficial que era y cómo había podido sufrir tanto por él.

–¡Por favor, Sienna! –insistió él mientras la abrazaba.

–¿Por favor qué? –preguntó alguien desde la puerta. Era Finn.

James la soltó y los dos miraron al recién llegado.

–¡Finn, no te esperaba hasta esta tarde! –exclamó ella nerviosa–. Dakota quiere suspender la boda y James pretende que hable con ella para... Éste es James Haig. James, te presento a Finn McLeod.

Los dos hombres se miraron a los ojos.

–Vaya... –comentó Finn mientras se acercaba a ella–. Veo que existe justicia después de todo.

–¿Qué quieres decir? –preguntó James con el ceño fruncido.

–¿No es obvio? Tú dejaste a Sienna por Dakota y ahora Dakota te deja a ti. Por cierto, tengo que decirte que no me agrada en absoluto cómo estabas molestado a mi esposa, así que será mejor que dejes que Dakota hable por sí misma. Te acompañaré a la puerta.

Se quedó helada al ver que James parecía estar a punto de lanzarse contra Finn, pero éste lo miro de manera tan formidable que el primero se lo pensó mejor y salió del salón.

–No querías que se quedara, ¿no? –le preguntó Finn con ira en sus ojos.

–No. Claro que no, pero...

No sabía cómo continuar.

–Lo que no entiendo es por qué ha venido a verte a ti.

–Bueno, se trata de mi hermana. Y... –explicó con dificultad–. Y al parecer Dakota le dijo a James que yo le había dado a entender que las cosas no iban a funcionar entre ellos dos.

–¿Hiciste tal cosa?

–¡No, claro que no! ¿Por qué me hablas así?

–No sé, pero parece que se está haciendo justicia después de todo. ¿No será que le guardas más rencor a James de lo que confiesas? Conseguir que suspendan la boda cuatro días antes de celebrarse me parece un acto de infinita venganza.

Inspiró profundamente y le dio una bofetada.

Finn la agarró por la muñeca y, durante un aterrador segundo, pensó que iba a pegarla, pero no lo hizo.

–No vuelvas a hacer eso, te lo advierto. Parece que te he dado donde más te duele, ¿no? Eres la última persona a la que me habría imaginado reaccionando así.

Estaba avergonzada, pero no había podido contener su ira.

–¿Cómo has podido decir algo así? ¿Cómo puedes

pensar eso de mí? –preguntó ella con lágrimas en los ojos.

Finn se encogió de hombros y le soltó la muñeca.

–Es que todo esto me hizo cuestionarme si de verdad eres sincera, Sienna.

Se quedó sin palabras.

–Entonces, ¿sigue adelante la boda o no?

–Ya veremos –repuso ella–. ¿Tienes algún teléfono con altavoz en la casa?

–Por supuesto.

–Entonces puedes escuchar mientras hago una llamada.

Unos minutos más tarde, Sienna colgó el teléfono después de hablar con su madre.

Su hermana no se había limitado a suspender la boda, sino que además se había ido de viaje.

–Pero ¿por qué? Mamá, por favor, deja de llorar. Esto es importante.

–No lo sé –había contestado su madre llorando–. Lo único que dijo fue que tú le habías abierto los ojos.

–Pero no lo hice, todo lo contrario. ¿Adónde se ha ido?

Su madre no lo sabía. Y tampoco sabía cómo había ocurrido algo así, cómo avisar a los invitados, cómo salir de aquella situación... Su madre parecía desesperada y ella prometió llamarla más tarde.

Miró a Finn llena de frustración.

Estaban en su despacho.

–¿Qué le dijiste a tu hermana, Sienna?

–Le dije que siguiera adelante con la boda y que se casara con James con la conciencia muy tranquila. Eso fue todo, Finn, puedes creerme o no –repuso con un nudo en la garganta.

No entendía cómo podían haberse estropeado tanto las cosas entre ellos en tan poco tiempo.

–Si volvieras a casa y me vieras en brazos de otra mujer, ¿qué pensarías? –le contestó Finn con una sonrisa amarga–. ¿No creerías que está pasando algo extraño?

–No, Finn, las cosas no cambian así de repente...

–Oí como James decía que estaba seguro de que aún lo querías. ¿Por qué iba a decirte algo así, Sienna? –le preguntó Finn con hostilidad y sin esperar a que le contestara–. Por cierto, las cosas pueden cambiar de repente, ya me ha pasado antes.

–¡Finn, no puedo creer que nos esté pasando esto! ¡Por favor, no...!

Pero él la interrumpió de nuevo.

–¿Sabes qué? Hasta se me llegó a pasar por la cabeza que podías tener tus propios demonios, secretos que no me contabas. Siempre me extrañó que me hicieras ese planteamiento y condicionaras tu estancia en Waterford a cambio de que yo fuera a la boda de tu hermana. Y luego lo de la noche de bodas, me pareció muy sospechoso que te derrumbaras como lo hiciste.

–¡Eso no tiene nada que ver con James ni con Dakota! –exclamó ella.

–¿No? –preguntó Finn con sarcasmo–. ¿No te derrumbaste por culpa de los remordimientos? ¿No será que te arrepentiste de haberte casado conmigo porque ni siquiera así conseguiste olvidarte de James? ¿Qué te pasó entonces?

Abrió la boca para contarle la verdad, para decirle que era el fantasma de Holly quien le quitaba el sueño, pero no lo hizo.

–Estaba agotada.

–¿Tú? ¿Agotada? Tienes más energía que nadie, Sienna.

–No te quejaste entonces, ¿a qué viene eso ahora?

–¿No te dice eso algo?

Sus palabras fueron una bofetada que la llenó de ira. Empujó hacia atrás la silla en la que estaba sentada y se puso en pie.

–¡Ya basta, Finn! Piensa lo que quieras, pero no te acerques a mí hasta que te tranquilices.

–No pensaba hacerlo –repuso él–. Pero no olvides que estamos casados y seguiremos así hasta que yo lo diga. Así que no pienses en irte hasta que arreglemos la situación. Por cierto, recuerda que tenemos una cena esta noche.

Finn salió del despacho y la dejó con la boca abierta. Decidió que tenía que hacer justo lo que le había prohibido. No iba a dejar que nadie la tratara así, tenía que salir de esa casa.

Pero recordó entonces que todas sus cosas habían sido empaquetadas y metidas en un trastero de la casa. Sus muebles los había vendido a una tienda de segunda mano y se imaginó que ya estaría vacío su piso. Para colmo de males, ni siquiera era suyo, se lo había alquilado a otra persona el día anterior.

Se dio cuenta entonces de que no tenía por qué irse, eso sería como admitir su derrota o declararse culpable. Y no había hecho nada para merecerlo.

Escuchó el coche de Finn alejándose de la casa y se sentó de nuevo en la silla. Temblaba tanto que sus rodillas apenas la sostenían.

Decidió entonces volver a llamar a su madre tal y como le había prometido, pero fue su padre quien contestó. Había conseguido que su madre se acostara un rato a descansar y parecía tan perdido como ella.

Una vez más, contó su conversación con Dakota.

–Eso fue todo, papá, lo juro. Ahora que lo pienso,

es verdad que la noté bastante nerviosa y emocionada, pero pensé que estaba feliz por mí y por su boda con James. Durante el banquete recuerdo verla algo distante...

–Supongo que Dakota siempre ha sido un enigma. Se guía por sus instintos sin pensar en nada más. Pero no te preocupes, que estoy aquí para arreglar las cosas. ¿Cómo estás tú, cariño?

–Bien –mintió ella–. Muy bien, papá.

Colgó el teléfono con un nudo en la garganta. Recogió las llaves, su bolso y se metió en su coche. No tenía adónde ir, pero quería alejarse de Eastwood.

Bajó por Hamilton Hill hasta el río y se detuvo cerca del muelle. Nunca había estado en esa parte de Brisbane. Dejó que los impulsos la guiaran, aparcó y fue a tomarse un café allí.

No había barcos en el muelle, pero el puerto estaba lleno de gente y turistas que visitaban las tiendas y restaurantes de la zona.

Pero no consiguió distraerse. Estaba demasiado dolida. Y no sólo eso, también se sentía impotente y en un ambiente que le era extraño. Le parecía que nada tenía sentido.

Y no entendía por qué el hombre que amaba se había convertido en alguien que no podía reconocer.

Estaba decidida a encontrar la verdad, pero no sabía por dónde empezar. Algo le decía, no obstante, que la nota de Holly que había encontrado podía estar en el origen de todo aquello.

Sienna pasó una hora reflexionando y cavilando, pero no llegó a ninguna conclusión. Seguía teniendo la seguridad de que esa nota de Holly podía explicar muchas cosas.

Salió entonces del café y comenzó a pasear mientras miraba los escaparates.

Fue un vestido color turquesa el que la sacó de su ensimismamiento. Lo miró y decidió que tenía que ponérselo para la cena de esa noche. No entendía cómo podía estar pensando en ropa en un momento así, pero decidió que necesitaba estar guapa esa noche si iba a salir con Finn.

Sabía que un vestido como ése podía darle la seguridad que necesitaba. Porque estaba decidida a descubrir esa misma noche por qué Holly Pearson había estado chantajeando a Finn.

Finn volvió a casa media hora antes de que tuvieran que salir para asistir a la cena. Sienna estaba aún terminando de arreglarse en su cuarto de baño cuando lo oyó entrar y como se cerraba después la puerta del otro aseo.

Se aplicó otra capa de pintalabios y se miró una última vez en el espejo.

Estaba satisfecha con el resultado. Decidió esperar a Finn en el salón.

Recogió su bolsito plateado y salió del dormitorio.

Sienna estaba observando el río desde los ventanales del salón cuando oyó a Finn acercándose a ella por detrás.

Inspiró despacio y se dio la vuelta con cuidado. Pero se quedó sin aliento al verlo. Con su esmoquin y pajarita, Finn estaba más apuesto que nunca. Parecía más alto con ese traje.

Vio como levantaba una ceja al verla y la miraba de arriba abajo, fijándose en cada detalle.

Sabía que el vestido había sido un acierto. Uno de esos diseños que no pasan de moda. Mostraba lo mejor de su escote y esculpía su figura. El encaje turquesa resaltaba su color de piel y el gris de sus ojos. El pelo lo llevaba recogido a un lado con una peineta de brillantes.

En otras circunstancias, se habría sentido feliz con su aspecto, pero esa noche era un manojo de nervios.

–Y yo que pensaba que ni siquiera ibas a aparecer por aquí –le dijo Finn–. No sólo estás lista para la cena, si no que te has arreglado especialmente para ella. Estás guapísima, Sienna.

–Gracias –repuso ella apartando la vista.

–¿Eso es todo? ¿No vas a decir nada más?

–De momento, no.

–Puedes decírmelo ahora –comentó él mirando el reloj–. Tenemos cinco minutos.

Apretó los dientes y contó hasta diez antes de contestar.

–No, Finn. Esto ya va a ser demasiado duro sin tener que agregar nada más.

–Me sorprende que no hayas salido huyendo. Como asegurabas estar tan dolida...

–Lo estoy, pero yo no soy ese tipo de persona. No salgo huyendo –espetó ella con los ojos encendidos en sangre.

Finn se quedó en silencio un momento, después se encogió de hombros y le hizo un galante gesto para que lo precediera hacia la puerta de la casa.

–Detrás de usted, señora McLeod.

Sienna pensó varias veces durante la noche que, a pesar de ser una velada complicada, no podrían haber estado en un sitio más bello.

Marcus y Liz Hawthorn vivían frente a las costas de la bahía de Moreton, en una mansión que estaba iluminada como un árbol de Navidad. Y el jardín estaba lleno de luces y antorchas. Para culminar la belleza de la noche, la luna llena se reflejaba en las aguas de la bahía y hacía una temperatura estupenda.

Había al menos cincuenta invitados y las mujeres llevaban preciosos vestidos de noche. La cena se sirvió en la terraza, en mesas iluminadas con velas. Después de la comida llegaron los discursos y una gran tarta en forma de número diez. Todos aplaudieron y brindaron con champán.

La velada fue agradable y los anfitriones la recibieron con cariño, pero era demasiado duro fingir ser una feliz recién casada. Finn hizo bien su papel y no se apartó ni un minuto de su lado, pero sabía que no podrían haber engañado a quien los hubiera visto antes juntos.

Alice, Declan y Tara también estaban en la fiesta.

Declan parecía estar de mal humor. Le dio la impresión de que los dos hermanos McLeod estaban teniendo problemas con su vida sentimental.

Pero la parte más complicada de la velada llegó cuando la banda comenzó a tocar.

–¿Bailamos? –le sugirió Finn tendiéndole la mano.

–¿Puedes hacerlo? –replicó ella.

Se sintió culpable al recordarle su lesión.

–Creo que podré. Además, si vamos a seguir con la farsa, será mejor que bailemos.

Había tanta dureza en sus ojos que no soportaba mirarlos.

–De acuerdo –repuso ella mientras se levantaba.

Bailaron lentamente al ritmo de la suave música.

–Puede que no quieras bailar conmigo, pero no tienes por qué mostrarte tan rígida en mis brazos –le susurró Finn al oído.

Sus palabras hicieron que tropezara y perdiera el paso, pero él la sujetó a tiempo.

–Teniendo en cuenta la intimidad que hemos compartido... –prosiguió él–. Sólo hace unos días, te derretías si te tocaba en cierta parte de tu cuerpo, reaccionabas como si estuvieras sintiendo una explosión en tu interior. ¿Qué te pasa ahora? ¿Ya no puedes seguir actuando como lo has hecho todo este tiempo? –añadió con dureza mientras le acariciaba el hombro–. Al menos he tenido éxito consiguiendo lo que James Haig no pudo tener. ¿Te estuviste reservando para él hasta que viste que no tenía sentido hacerlo?

–¿Qué...? ¿Por qué me estás diciendo esto? –le preguntó con angustia.

–Me limito a analizar lo que ha pasado –repuso él con una sonrisa.

–No, lo que estás haciendo es torturarme mientras bailamos entre la gente.

–¿Crees que soy un canalla? ¿No te has parado a pensar que puede que esté así porque he visto a mi esposa en los brazos de otro hombre? Es culpa mía, no te dije que esperaba que me fueras fiel –añadió con ironía mientras ella intentaba apartarse de él–. Nos iremos pronto de la fiesta, Sienna. Pero lo haremos juntos y con dignidad. Recoge tu bolso y despídete de todos.

No hablaron durante todo el camino de vuelta a casa. Metieron el coche en el garaje y él la acompañó dentro como si fuera su guardia y estuviera a punto de llegar a su celda.

Quería subir directamente al dormitorio, pero él la llevó al salón.

–Siéntate –le ordenó él.

Finn sirvió dos copas de coñac y le entregó una.

Tomó un sorbo del licor, lo necesitaba más que nada en esos momentos. Pero dejó la copa sobre la mesa y respiró profundamente.

–Finn... –comenzó con calma–. ¿Era Holly el amor de tu vida?

Él no se había sentado aún. Fue hasta los ventanales y se quedó con la vista perdida en el río. Después se giró hacia ella con el ceño fruncido.

–¿Qué demonios...? ¿Qué tiene eso que ver con nada de esto?

–No lo sé, pero es que está pasando algo que no logro comprender y acabo pensando que tiene algo que ver con esto...

Abrió su bolsito y sacó la nota de Holly.

–No entiendo cómo puedes desconfiar tanto de mí cuando yo no controlo las circunstancias.

–Sienna, tú fuiste la que se desmoronó en tu noche de bodas como si tuvieras algo que ocultar, como si te arrepintieras de lo que acababas de hacer. Por otro lado, según James y tu propia madre, tú fuiste la que convenciste a Dakota para que no siguiera adelante con su boda.

–Y tú eres el que ha elegido creerlos a ellos en vez de a mí –repuso ella con un nudo en la garganta–. Y, después de ver esta nota, me di cuenta de que no es la primera vez que te pasa.

Le entregó el papel y le dijo donde lo había encontrado.

Finn se quedó de piedra al leer la nota. Apretó los dientes con fuerza. La miró después con hielo en los ojos.

–Sí, Sienna, lo has adivinado. Esto ya me había pasado. Por eso tengo un bajo nivel de tolerancia cuando me enfrento a mujeres a las que les gusta manipular. A ella se le daba muy bien.

–Cuéntamelo –le pidió entonces.

Finn dudó un segundo, después se sentó frente a ella.

–Conseguía engañar a cualquiera, incluyéndome a mí. Pero engañó antes a Declan. Conseguía ocultar muy bien que no tenía principios y era capaz de chantajear a la gente para cubrirse después las espaldas. Tuvo una aventura con Declan antes de que yo la conociera y no lo supe hasta tiempo después.

–Le pareció que Declan no serviría sus propósitos tan bien como tú, ¿no? –sugirió ella.

Finn asintió con la cabeza.

–Pero Declan no pudo soportar que lo dejara por mí y la amenazó con contarme que habían tenido una aventura porque sabía que entonces yo no querría nada con ella. Fue entonces cuando ella empezó a chantajearlo.

–¿Cómo?

–La madre de Declan no tenía buena reputación –repuso él después de tomar un largo trago de coñac–. Algo de lo que mi padre no sabía nada. Laura y la madre de Holly habían sido amigas y ésta conocía bien su pasado. La gente creía incluso que Declan no era hijo de mi padre. Holly fue más allá y le aseguró que no era hijo de Michael McLeod, pero le prometió que no diría nada si él no me contaba lo de su aventura.

–¿Declan la creyó? –preguntó atónita.

Finn suspiró con frustración.

–Al principio, sí. Siempre hemos sido rivales. A mí no me gustaba Laura. No quería una madrastra ni otro hermano, sufría mucho por mi madre. Aún hoy, sigue sin gustarme la vida que lleva Declan, pero reconozco que sería duro para él que lo compararan siempre conmigo.

–Ya había pensado en eso...

–Por otro lado, somos muy distintos físicamente, así que me no me extraña que la creyera. Le asustaba perder el apellido y los beneficios que conlleva esta familia. De un modo u otro, Holly consiguió mantenerlo callado un tiempo...

Se quedó con la vista perdida en el dorado licor.

–Pero Declan se enfadó mucho al saber que nos habíamos prometido. Una noche se emborrachó y me dijo algo sobre Holly que sólo podía saber un hombre que se hubiera acostado con ella... Peleamos y sé acabó sabiendo toda la verdad.

–¿Te diste cuenta enseguida de qué era lo que pasaba?

–Sabía que tenía que ser cierto. De otro modo, Declan no habría reconocido que no era realmente un McLeod. Holly lo negó todo, por supuesto. Aseguró que Declan había intentado algo con ella después de que nosotros empezáramos a salir y que ella lo había rechazado. Fue entonces cuando vi algo en ella que no me gustó en absoluto. Era rápida, demasiado rápida inventando excusas, como si tuviera mucha experiencia y muy pocos escrúpulos –le dijo con amargura–. Se hicieron unos análisis enseguida y supimos que Declan era realmente mi heredero. Así que anulé el compromiso y ella cayó en su propia trampa. Intentó chantajearme, fue entonces cuando me envió esta nota. Decidí quedar con ella una última vez para dejarle claro que estaba perdiendo el tiempo. Fue entonces cuando tuvimos el accidente...

–No me lo puedo creer. ¡Qué mujer tan diabólica...! ¿Cómo has podido compararme con ella?

Finn no la miró a los ojos.

–Lo que no he entendido nunca es cómo pude estar tan ciego con ella como para no darme cuenta de cómo era en realidad. Mi tía me avisó y no le hice caso. Era muy buena manipulando a la gente y me engañó por completo...

–Entonces... Entonces, ¿nunca vas a confiar en mí por culpa de Holly? ¡Es una locura! –exclamó ella poniéndose en pie.

–¿Eso crees? Yo creo que no estoy dispuesto a caer dos veces en la misma piedra –repuso él.

–¿Así que vas sospechar siempre de mí usando los pretextos más absurdos?

–¿Absurdos? –repitió Finn con voz cansina–. ¿Por qué te casaste conmigo, Sienna?

Abrió la boca, pero no pudo decir nada.

–¿Somos los dos iguales? –se preguntó Finn en voz alta–. ¿Estamos los dos viviendo una mentira? No puedes perdonar a James, pero tampoco puedes olvidarte de él. Yo nunca pude perdonarla, pero he mentido sobre lo que pasó.

Intentó pensar y contestarle, pero estaba demasiado confusa.

–¿Por qué te casaste tú conmigo, Finn? –preguntó entonces.

La pregunta quedó suspendida en el silencio unos segundos.

–Me pareciste la antítesis de Holly y creí que era importante encontrar a alguien que no me recordara en nada a esa mujer –confesó Finn después.

Las lágrimas comenzaron a rodar por sus mejillas.

–Pero ahora piensas que no soy tan distinta, que yo también tengo los pies de barro...

Finn se terminó su copa de coñac y la dejó sobre la mesa.

–¿Qué le dijiste a Dakota para que no se casara, Sienna? ¿Por qué cambiaste de opinión en el último momento y decidiste invitarla? Querías que la boda fuera íntima, ¿qué te hizo cambiar de opinión?

Sus palabras terminaron de hundirla.

—Nada —repuso llorando—. Pero como no me crees, te diré lo que sugiero. Voy a hacer las maletas y me iré mañana. De hecho, no es una sugerencia, es lo que voy a hacer.

—¿Por qué no te quedas y luchas? ¿Por qué no intentas encontrar a Dakota y...?

—¿Por qué no lo haces tú? Tú eres el que no me cree.

—Muy bien —repuso él levantándose del sillón—. La buscaré con una condición, que no te muevas de aquí mientras lo hago.

—¿Cómo vamos a vivir bajo el mismo techo cuando sé que eres mi enemigo? —le preguntó ella llorando.

—¿Acaso te da miedo que Dakota me diga la verdad?

—No, yo...

—Entonces, quédate, Sienna. Es mi última oferta. Además, yo no voy a estar aquí. Tenía un viaje de negocios a Perth que había pospuesto para poder ir a la boda, pero ahora no hay motivo para demorarlo más. Me voy mañana.

No podía hablar, no podía decir nada.

—Además, tú no tienes adónde ir, ya has alquilado tu piso.

—Así es. Pero ¿cómo vas a encontrar a Dakota desde Perth?

—No pensaba buscarla personalmente.

—¡No! No quiero que la persiga ningún detective. Debe de estar muy mal después de lo que ha pasado y no quiero que la molesten.

—Lo que pasa es que no quieres que la encuentre, ¿verdad?

Tenía ganas de gritar. Se sentía muy frustrada.

–Lo único que quiero es que no se sienta presionada –le dijo entre dientes.

–Muestras mucho interés por una hermana que no te ha dado más que problemas –contestó Finn–. Pero no te preocupes, no la molestarán, lo prometo. Bueno, deberías irte ya a la cama.

Lo miró con la boca abierta.

–¿Sola?

–Creo que será mejor así, dadas las circunstancias –replicó él con ironía–. Yo haré lo correcto y dormiré en otro cuarto.

Cerró un instante los ojos. Era como darse contra una pared, contra las paredes que ese hombre herido había levantado a su alrededor. No sabía cómo derrumbarlas y ya ni siquiera tenía claro si eso era lo que quería.

–Gracias –repuso ella antes de darse la vuelta y salir del salón.

Capítulo 10

FINN se fue al día siguiente después de desayunar. Fue muy duro para Sienna tener que verlo antes de que saliera de la casa.

Él se mostró educado, pero frío. Ella no podía siquiera hablar. Sólo contestaba con monosílabos cuando era imprescindible que lo hiciera. Sabía que tenía mal aspecto. Estaba pálida y se encontraba mal.

Finn la miró con atención antes de irse y le preguntó si iba a estar bien en su ausencia. No podía creer que fuera tan cínico. Se fue de su lado sin despedirse.

Estuvo a punto de llamar a Peter Bannister para pedirle que le diera trabajo a tiempo parcial. No quería tener que quedarse en casa dándole vueltas a todo lo que había pasado, pero algo la detuvo. Sabía que a su jefe iba a extrañarle que hiciera algo así después de llevar casados sólo una semana.

Poco después, un repentino malestar hizo que vomitara lo que había tomado para desayunar. Se quedó helada al darse cuenta de que podía estar embarazada.

No podía creerlo, pero era más que una posibilidad. No habían usado ningún tipo de protección desde el principio, los dos habían querido formar una familia cuanto antes.

Finn se distrajo estudiando unos documentos y tomando café mientras volaba a su destino.

Habían despegado media hora antes. Miró por la ventana, pero no se veía nada, atravesaban un grupo de nubes.

Se preguntó si estaría lloviendo en Waterford. Pensó en la última vez que lo había hecho en el rancho y se le vino a la cabeza la imagen de Sienna empapada y cubierta de barro.

Después pensó en cómo la había dejado esa mañana en la casa, pálida y desencajada.

No sabía si iba a poder olvidarse algún día de las sospechas que habían nacido en su interior la noche de bodas, cuando pensó por primera vez que Sienna no era la mujer honesta y abierta que creía. Esa inquietud se había multiplicado cuando la sorprendió en brazos de James Haig y se enteró de que había convencido a Dakota para que suspendiera su boda.

No sabía qué iba a pasar con su matrimonio.

De repente tuvo la sensación de que pasaba algo malo. Era sólo una sensación, algo que tenía que ver con Sienna, y no era capaz de librarse de esa idea.

Recogió la mesita frente a su asiento y se puso en pie. Entró entonces en la cabina.

–Da la vuelta, amigo –le dijo al piloto–. Cambio de planes.

–Pero...

–Hazlo –le ordenó.

Sienna estaba haciendo las maletas cuando se abrió la puerta de su dormitorio y apareció Finn.

Se había pasado dos horas tratando de decidir si debía irse o no. Antes había salido a la farmacia más cercana para comprarse una prueba de embarazo que había resultado positiva.

Sabía que no iba a poder soportar que Finn no creyera en ella, pero después de enterarse de que estaba embarazada, se sentía aún más vulnerable y atrapada.

Tenía claro que tendría que llegar a algún tipo de acuerdo con Finn, pero sabía que antes tenía que recuperarse un poco y sólo podía hacerlo lejos de él.

Por eso, al verlo en la puerta tan alto y abrumador como siempre, comenzó a temblar como una hoja y tuvo que agarrarse al poste de la cama.

–Finn... ¿Qué haces aquí? –preguntó con un hilo de voz.

Él cerró la puerta y se acercó a ella.

–¿Qué estás haciendo tú? ¿Qué es lo que pasa? –preguntó con intensidad.

Lo miró. Estaba serio, pero parecía haber algo distinto en sus ojos que podía ser preocupación.

–Yo... Yo...

Pero Finn vio la maleta y después lo que había sobre la mesita de noche, la evidencia incriminatoria que suponía la caja de la prueba de embarazo.

Frunció el ceño, fue hasta allí y tomó la caja en sus manos.

Vio como inhalaba con fuerza y la miraba después.

–¿Estás embarazada? ¿Cuándo lo has sabido?

–Lo sospeché cuando vomité el desayuno esta mañana. Después me detuve a contar y vi que era posible...

–¿Y pensabas salir corriendo? –le preguntó mientras volvía a su lado y la tomaba por los hombros.

–Finn, parece claro que lo nuestro no tiene futuro –le dijo con valentía–. Pero no iba a ocultarte el embarazo. Tendremos que llegar a algún tipo de acuerdo, eso es todo.

–¿Todo?

–¿Qué sugieres tú? –exclamó ella desesperada–. No confías en mí y no puedo vivir así. No sólo usas lo de mi hermana para desconfiar de mí, ¡es que ni siquiera me contaste lo de Holly!

Finn apretó las manos que tenía en sus frágiles hombros hasta que ella hizo una mueca de dolor.

Las apartó entonces de inmediato.

—Mira, Sienna, además de Declan, nadie más sabía por qué tenía razones para romper con Holly, así que todos se imaginaron que estaba devastado por el accidente. Y en parte lo estaba, no le deseo algo así a nadie. Por otro lado, no me gusta hablar mal de los muertos. Así que decidí cerrar ese capítulo de mi vida. Hice lo mismo con Declan.

—¿Y no podías volver a abrirlo ni siquiera por mí?

—No, aunque puede que eso fuera un error. Pero también intentaba proteger a Declan.

—¡Pero si ni siquiera te cae bien Declan! Además, ¿cómo ibas a protegerlo? ¿De qué? Holly estaba equivocada...

—No, no lo estaba.

—Pero me dijiste que...

—Te dije que es mi heredero, pero no es mi hermanastro, es mi primo. Su madre tenía una aventura con mi tío Bradley, el hermano de mi padre. Él también murió en el accidente de la avioneta. Me guste o no Declan, lo que pasó no es culpa suya.

Se sentó en la cama, las piernas no aguantaban su peso.

—Entonces, ¿decidiste no contar quién era Declan?

—¿Lo habrías hecho tú? Lo que descubrí no cambiaba nada, sigue siendo mi familiar más cercano. El caso es que estaba tan harto con todo lo que había pasado, tan cansado de traiciones, que decidí olvidarme de todo.

Se dio cuenta de que Finn había pasado por mucho. Pero ella le había entregado su corazón y él lo había

pisoteado. No sabía si podía quererlo después de que
él lo hubiera traicionado de esa forma.

–¿Lo habrías hecho tú? –repitió Finn.

–Me imagino que no. Pero ¿por qué me cuentas
esto ahora?

–Porque esta noticia... Esto lo cambia todo.

No entendía qué quería decir con eso.

Finn apartó la maleta y se sentó a su lado en la
cama.

–Ahora no podemos pensar sólo en nosotros.

–Yo no lo hago, pero no puedo criar a mi hijo en
una zona de guerra.

Finn tomó su mano y entrelazó sus dedos con los de
él.

–Firmemos entonces una tregua –le dijo en voz baja
mientras jugaba con su alianza–. Tú pareces ser feliz
en Waterford...

–Me encanta Waterford –repuso ella llorando y mirando a su alrededor–. También me gustaba Eastwood,
pero ahora...

–¿Qué te parece si nos mudamos a Waterford?

Ella se quedó mirando los dedos entrelazados y
pensó en Waterford. Recordó sus jardines, la casa, el
campo de golf, los niños. Se imaginó que incluso podría seguir trabajando algunos días en el hospital de
Augathella.

La verdad era que no tenía otro sitio mejor. No quería irse con sus padres ni vivir sola el embarazo.

–Entonces, ¿sugieres que...? ¿Estás sugiriendo que
empecemos de nuevo?

–Sí.

–Pero no sé si algún día las cosas volverán a ser
como antes –le advirtió ella–. Ni siquiera si encuentras
a Dakota y te dice la verdad. Pero supongo que si tú
puedes cerrar un capítulo de tu vida, yo también

puedo. La vedad es que no sé qué otra cosa podría hacer...

Lo miró de repente con el ceño fruncido.

–¿Por qué estás aquí? ¿Por qué has vuelto? ¿O es que no te llegaste a ir?

–Me fui –repuso él–. Volví porque estaba preocupado por ti. Fue algo instintivo. Supongo que ahora hay un vínculo invisible entre los dos.

Finn soltó su mano y rodeó con ternura sus hombros.

–Nos iremos de aquí tan pronto como podamos. A mí tampoco me gusta mucho este sitio.

–¿Aún vas a intentar encontrar a Dakota?

–No. Empezamos hoy un nuevo capítulo, Sienna.

Capítulo 11

SIENNA, puede que no se le note, pero está embarazada de cuatro meses –le advirtió la señora Walker–. ¿Por qué está cavando en el jardín? Tiene a gente que puede hacerlo por usted. No sabe cuánto trabajo me da al tener que estar detrás de usted para que se cuide.

–Pero me encanta trabajar en el jardín –protestó ella–. ¿No sabe que las chinas trabajan en los campos de arroz hasta que les llega el momento de dar a luz?

–No tenía ni idea, pero no me parece buena idea. En fin, la señorita McLeod vendrá pronto.

–¿Pronto? Pensé que llegaba mañana –repuso ella sin comprender.

–No viene en coche, la trae Declan en la avioneta. Acaba de avisarme por radio. Llegarán en pocos minutos.

–¡No! ¿Cuánta gente viene con él? –preguntó ella con una mueca.

–No lo sé. Se oía muy mal y no pude entenderlo bien, pero la Casa Verde está limpia y tenemos comida de sobra. Le he mandado un mensaje a Finn, está a sólo tres kilómetros de aquí. Entre ya a la casa a cambiarse.

–Sí, mamá –replicó ella con voz obediente.

Aunque le gustaba ver a Alice de vez en cuando, le dio pena no poder seguir trabajando en el jardín. Era un precioso día de invierno. Durante el día hacía calor, pero por la noche tenían que encender el fuego para calentarse. Le gustaba ese contraste.

Subió a su dormitorio y pensó mientras se duchaba en cómo Waterford la había salvado del abismo. Las cosas seguían sin ir demasiado bien entre Finn y ella. Estaba segura de que nunca mejorarían, pero habían aprendido a fingir que todo era normal.

Dave ya no trabajaba para Finn y Walt le había pedido unas largas vacaciones. Era ella la que dirigía la casa, se encargaba del jardín e incluso ayudaba en la escuela.

Había formado además un coro para niños y adultos y esa actividad le daba gran satisfacción.

Ya no le dejaban arbitrar partidos de fútbol, pero siempre había mucho que hacer.

Pasados los primeros meses de náuseas, su vida y su embarazo habían comenzado a asentarse. Su cuerpo empezaba a cambiar con el paso de los días.

Lo que más le extrañaba de todo aquello era que no fuera consciente del todo de su embarazo. No pensaba demasiado en su hijo ni sentía la necesidad de decorar su futuro dormitorio.

A veces incluso se olvidaba de su estado y se preguntaba por qué habría aceptado ese trato, por qué había decidido volver a Waterford con Finn después de todo lo que había pasado entre ellos.

Salió de la ducha y se puso un jersey y unos pantalones de pana gris. Podía oír ya el motor de la avioneta sobre el rancho.

Se cepilló el pelo y terminó de arreglarse.

Esperaba que Declan no apareciera con demasiada gente. Se preguntó si aún estaría con Tara. Su relación había sido muy tumultuosa durante esos últimos meses y ya no le extrañaba que Declan tuviera problemas con las mujeres después de lo que Holly Pearson le había hecho.

Pero no fue a Tara a quien Sienna vio llegar en el todoterreno procedente de la pista de aterrizaje, sino a Dakota.

Su hermana se había marchado a la India después de suspender su boda. Había estado incomunicada durante mucho tiempo, sólo había llamado a su madre de vez en cuando para asegurarle que estaba bien y que necesitaba estar sola y lejos de allí.

Se quedó helada al verla y no pudo pasar del porche. Pero Dakota bajó corriendo del vehículo y fue a abrazarla. Pensó en ese instante que su hermana no podía ser consciente de hasta qué punto había trastornado su vida.

–¡Cariño, qué alegría verte! ¡Tienes muy buen aspecto! ¡Y me he enterado de que voy a ser tía! –exclamó Dakota mientras acariciaba su estómago con ternura–. Supe desde que os vi por primera vez que estabais hechos el uno para el otro –añadió al ver a Finn también en el porche–. Ver lo que teníais, ver cómo estaba Sienna contigo, me abrió los ojos. Fue entonces cuando me di cuenta de que mi relación con James carecía de esos sentimientos. ¡A los dos os debo no haber cometido un terrible error!

Sienna estaba sentada frente a la chimenea de su dormitorio cuando se abrió la puerta que comunicaba con el de Finn.

Eran más de las diez y todos se habían acostado ya. Ella seguía aún vestida y la única luz en el cuarto era la del fuego.

Había sido una velada muy agradable.

Dakota había ido a verla a Eastwood y allí la señora Lawson la había puesto en contacto con Alice. Fue entonces cuando decidieron ir juntas al rancho.

–¿Estás bien? –le preguntó mientras añadía un leño al fuego y se sentaba frente a ella.

–Sí y no. ¿Cómo pudimos ser una pareja perfecta y que todo desapareciera de repente?

–Tu hermana...

–Mi hermana es una mujer preciosa, a veces desconsiderada y siempre independiente. He pasado de cuidarla cuando éramos pequeñas a no dejar de pelearnos, pero es mi hermana...

–Entonces, ¿no tiene la culpa de nada? ¿Crees que estuvo bien que se fuera sin dar más explicaciones y dejando mensajes ambiguos a la gente?

–Fuiste tú quien se equivocó al interpretar sus palabras, Finn. Si vas a decirme ahora que la crees y que quieres olvidarte de tus acusaciones contra mí para que todo vuelva a ser perfecto, no va a ser tan fácil.

Finn la observó unos instantes antes de hablar.

–Dime una cosa, Sienna, ¿qué pasó en nuestra noche de bodas?

–Si tienes que saberlo, te lo diré. No luchaba contra mis demonios, sino contra Holly.

Él se quedó perplejo al escucharla.

–¿Holly? Pero si nunca conociste a Holly.

–No, pero entonces no sabía qué sentías por ella y si algún día podrías quererme como la habías querido a ella. No quería pensar en el pasado, traté de convencerme de que ella ya no estaba, pero no sirvió de nada y el miedo pudo conmigo esa noche. Temía no poder estar nunca a su altura. Me imagino que estaba mucho más enamorada de ti de lo que pensaba...

Finn la miraba sin pestañear.

–Está claro que Dakota lo vio antes de que yo fuera consciente de ello. No sé qué pasó esa noche, pero me dejé llevar por el miedo de no poder ocupar nunca el lugar de Holly en tu corazón.

–Entonces, ¿no te casaste conmigo porque no podías tener a James?

–Lo de James fue un error desde el principio. Tenía veinticuatro años y decidí que ya era hora de que me enamorara, no quería ser una solterona. Creo que lo que más me dolió cuando me dejó fue que mi hermana me hiciera algo así. No era la pérdida de James lo que sentía, sino la de Dakota. He sufrido por ella más de lo que crees...

–Y ¿no te casaste conmigo para poder tener hijos y vivir en este rancho que tanto amas?

No podía creer lo que acababa de preguntarle.

–¡Claro que no! ¿Es eso lo que creías?

–En parte. No paraba de pensar en distintas posibilidades, ¿sabes por qué? Porque aún no era consciente de que me había convertido en un hombre cínico. Verte en los brazos de James Haig me volvió loco de celos, tanto que me encerré en el mismo infierno en el que había estado por culpa de Holly.

–¿Loco de celos?

–Sí –admitió Finn con seriedad–. Y tampoco me paré a pensar en por qué me afectó tanto verte tan confusa y triste la noche de nuestra boda. Recordé entonces todas las manipulaciones de Holly y empecé a buscar motivos para que tú me hicieras lo mismo. Tardé mucho en darme cuenta de que esa mujer no me lastimó el corazón, sino mi orgullo.

Finn se quedó mirando el fuego un tiempo, después se concentró en ella.

–No sólo quiero tenerte en mis brazos y en mi cama, Sienna. Lo que quiero es saber que soy el único en tu corazón, porque eso es lo que me ha pasado a mí. Me enamoré de ti, no de Holly. Con ella sólo era algo físico, nada más. Las diferencias son increíbles.

–Explícate –le pidió ella sin apenas voz.

–Sé que nunca volveré a ser el mismo si te pierdo.

–Pero, hasta hace unos minutos, aún me preguntabas por mis motivos. Y no sabes cuánto me ha dolido entregarme como me entregué a ti, sin saber si podrías llegar a amarme como yo lo hacía.

–¿Estás segura?

–Como no lo he estado de nada –repuso ella con lágrimas en los ojos–. Y después me echaste en cara lo de James, lo de Dakota, no me decías la verdad sobre Holly...

–¿Lo he echado todo a perder, Sienna?

–No lo sé –susurró ella–. Pero ¿por qué ibas a entrar a hablar conmigo esta noche si no fuera porque Dakota te lo ha aclarado todo?

–Porque... Porque me siento muy solo. No dejo de pensar en todas las cosas que tenía y que pensaba que no podían faltarme nunca, en todo lo que me diste de manera generosa. Cosas que no aprecié hasta que me faltaron. Pero es verdad. Dakota me ha hecho recapacitar. Está claro que ella vio algo que yo no vi. Sentía la necesidad de controlarlo todo y eso me impedía entregarte mi corazón, sin saber que estaba perdiendo el tuyo.

–¿Qué cosas te di de manera generosa? –repitió ella.

–El aroma de tu piel, cómo te movías cuando hacíamos el amor, tu luz. No sabes lo miserable que es mi vida sin ti. Nunca podré olvidar cómo el instinto me avisó de que estaba abandonándote en un momento bajo; fue durante el vuelo a Perth. Seguro que no fui de demasiada ayuda, todo esto es nuevo para mí, pero tú siempre me atraes hacia ti. Estés donde estés, hagas lo que hagas. Lo siento tanto...

–Finn...

–Pero lo que de verdad me preocupa es que no te veo feliz por este bebé. Sé que las circunstancias no son las ideales, pero...

Se puso en pie con lágrimas rodando por sus mejillas.

–¿Cómo lo has sabido? Es verdad... No siento nada, sólo un vacío en mi interior. A veces me da la impresión de que sólo puedo estar feliz y en paz cuando no pienso en el bebé.

–¿No crees que es el padre de ese bebé el que ha creado ese vacío al comportarse como un imbécil?

–Sí... Bueno, lo que quiero decir...

–Lo he sido, Sienna. He sido un imbécil –admitió tomando sus manos–. Pero daría cualquier cosa por una oportunidad para salvar lo nuestro. Cualquier cosa...

Lo miró a los ojos y por fin pudo creer en él. Finn había conseguido descubrir cómo se sentía y eso le ayudaba a ver que estaba siendo sincero.

–Finn, abrázame, por favor –le pidió con voz temblorosa–. Te he echado tanto de menos...

Él tomó su cara entre las manos, con miedo a dar el paso, sin creer lo que estaba pasando.

–Por favor –repitió ella.

Y entonces la abrazó con fuerza.

–Están muy cambiados –susurró él.

Estaban en la misma cama donde habían hecho el amor por primera vez. Y Finn se entretenía observando los cambios en el cuerpo de Sienna después de compartir un momento de intensa pasión.

–Y la cintura también está diferente, antes podía agarrarla con mis manos. Pero tus caderas están igual. Recuerdo la primera vez que las imaginé sin ropa...

–¿Cuándo?

–Fue cuando saliste de mal humor de ese restaurante, el Angelo's. El movimiento de tus caderas me hipnotizó.

–De haberlo sabido...

–¿Me habrías causado aún más daño?

–No, no es eso. Yo también comencé a sentir algunas cosas esa noche. Una especie de cosquilleo por mi cuerpo cada vez que te veía.

–Lo escondiste muy bien, pero no sabes el efecto que tenías en mí, debería haberme dado cuenta de que iba a ser así siempre, que ya no iba a poder vivir sin ti.

–¡Finn! –exclamó ella de pronto con los ojos como platos.

–¿Qué?

–¡Se ha movido! –le dijo mientras se cubría el vientre con las manos.

Finn se incorporó nervioso.

–Pero ¿estará todo bien?

–Sí, sí. Se supone que tengo que empezar a sentirlo. Es... Es como una mariposa o algo así –le explicó con emoción–. Finn, ¡por fin es real!

–¿Crees que lo ha provocado que hiciéramos...?

–Creo que nos da su aprobación –repuso ella con una sonrisa–. Estoy tan feliz...

–Me alegro, pero será mejor que lo dejemos hasta que te vea el médico.

Ella lo miró con ternura.

–Tu tía me cuida continuamente y está pendiente de mí. La señora Walker me vigila a diario y ahora parece que tengo un guardián más. Todos estáis tan preocupados...

–De hecho, llevo tiempo observándote como si fuera un halcón –le confesó Finn abrazándola de nuevo–. Y puede que sea culpa mía que esas dos mujeres hayan estado tan pendientes de ti. Tenía que dejar a alguien cuidándote cuando yo no estaba en el rancho...

–¿En serio?

–Sí. Me imagino que lo habrían hecho sin que se lo pidiera, pero todo el rancho está vigilándote por si te da por salir a cabalgar en un caballo demasiado grande.

Estuvo a punto de protestar, pero sólo pudo echarse a reír.

–Te quiero, Finn –le dijo–. No sabes cuánto te quiero.

–Y yo te quiero a ti, Sienna –repuso él besándola de nuevo.

Siete meses más tarde, Sophie McLeod estaba a punto de ser bautizada en el rancho.

Tenía los ojos azules y el pelo rubio. Sus mejillas eran grandes y sonrosadas y tenía una boca de muñeca. Era bastante buena y tranquila, menos cuando tenía hambre.

La pequeña de dos meses había revolucionado Waterford y atraía visitas desde todas partes. Alice McLeod iba a menudo a verla, igual que sus abuelos maternos.

Los niños del rancho estaban encantados con ella.

–¿No te da la impresión de que nosotros ya no pintamos nada? –le preguntó Finn un día–. Ya nadie se interesa por mi salud, sólo preguntan por ella. ¿Cómo puede atraer tanta atención una personita tan pequeña?

Sienna se echó a reír.

–Creo que Sophie tiene mucha personalidad o puede que estén muy felices por nosotros. Después de todo, ella es la prueba de nuestro amor.

Finn se quedó mirando a Sophie, que pataleaba y hacía gorgoritos sobre una mantita en el suelo.

–Es preciosa, ¿verdad? –le dijo con ternura a Sienna–. Eres preciosa, calabacita.

–Espero que no la llames siempre así.

–Puede que lo haga. ¿Qué tiene de malo? A mí me gusta...

Sienna se acercó a él y lo besó.

–Nunca pensé que pudieras llegar a ser así con un bebé...

–No con un bebé, con mi bebé. No me sentiría igual si no estuviera perdidamente enamorado de su madre. Eso lo cambia todo.

–Me encanta que me hables así.

–Sólo digo lo que siento. ¿Está todo listo para el bautizo?

–Creo que sí. Pero va a ser todo un evento. ¿Has visto cuánta gente hay?

–Saldremos adelante.

El bautizo fue un éxito. Lo celebró el mismo pastor que los había casado. Sophie llevaba un elegante vestido de encaje y no lloró cuando mojaron su cabeza.

El banquete se sirvió en largas mesas que habían dispuesto en el jardín. Hubo champán para todos y una deliciosa tarta de color rosa.

Durante la sesión de fotos, Finn tomó la mano de Sienna. Sophie estaba en brazos de sus padrinos, Declan y Dakota.

Se le hizo un nudo en la garganta al ver lo felices que estaban con su sobrina.

Dakota tenía un nuevo novio. Era un hombre callado que había traído mucha paz a la vida de su hermana. Y Declan se había casado con Tara unos meses antes. Ese matrimonio había conseguido que el joven sentara la cabeza. Hasta a Alice le gustaba ya Tara.

–Nunca podré agradecértelo lo suficiente –le susurró entonces Finn al oído.

–¿De qué estás hablando?

–Tú me rescataste –repuso él mientras apretaba su mano–. Mi vida estaba en ruinas, Sienna.

–No, Finn, los dos nos hemos ayudado. Hemos pasado por mucho, pero las dificultades nos han hecho más fuertes y mejores.

Él la miró con el corazón en los ojos.

–¿Puedo besar a la madre del bebé? Es asunto de vida o muerte...

Sienna sonrió feliz.

–Creo que sí –repuso aliviada.

Finn la rodeó con sus brazos y la miró con intensidad.

–Nunca podré agradecértelo lo suficiente, mi querida Sienna, nunca –le dijo con sinceridad.

Después la besó con todo el amor que sentía.

Cuando se separaron, ella sintió su corazón lleno de felicidad y amor. Todos los invitados comenzaron a aplaudir entusiasmados.

Bianca™

**Él era un duro playboy.
Ella, su inocente amante…**

El rico y despiadado
Cade Lorimer había recibido
una orden de su padre adop-
tivo… encontrar a su nieta.
Cade esperaba una arpía co-
diciosa… no una joven inocente y muy atractiva.

Tess Ritchie siempre ha-
bía creído que no tenía familia alguna, por eso fue un
shock enterarse de que era
la heredera de una gran
fortuna. Aunque con ciertas
reticencias, Tess se adentró
en el mundo de lujo y gla-
mur de Cade… y también
en su cama. Pero un romance entre dos personas tan
distintas no tenía ningún futuro… ¿o quizá sí?

Seducción
en Venecia

Sandra Field

Acepte 2 de nuestras mejores novelas de amor GRATIS

¡Y reciba un regalo sorpresa!

Oferta especial de tiempo limitado

Rellene el cupón y envíelo a
Harlequin Reader Service®
3010 Walden Ave.
P.O. Box 1867
Buffalo, N.Y. 14240-1867

¡Sí! Por favor, envíenme 2 novelas de amor de Harlequin (1 Bianca® y 1 Deseo®) gratis, más el regalo sorpresa. Luego remítanme 4 novelas nuevas todos los meses, las cuales recibiré mucho antes de que aparezcan en librerías, y factúrenme al bajo precio de $3,24 cada una, más $0,25 por envío e impuesto de ventas, si corresponde*. Este es el precio total, y es un ahorro de casi el 20% sobre el precio de portada. !Una oferta excelente! Entiendo que el hecho de aceptar estos libros y el regalo no me obliga en forma alguna a la compra de libros adicionales. Y también que puedo devolver cualquier envío y cancelar en cualquier momento. Aún si decido no comprar ningún otro libro de Harlequin, los 2 libros gratis y el regalo sorpresa son míos para siempre.

416 LBN DU7N

Nombre y apellido	(Por favor, letra de molde)	
Dirección	Apartamento No.	
Ciudad	Estado	Zona postal

Esta oferta se limita a un pedido por hogar y no está disponible para los subscriptores actuales de Deseo® y Bianca®.
*Los términos y precios quedan sujetos a cambios sin aviso previo.
Impuestos de ventas aplican en N.Y.

SPN-03   ©2003 Harlequin Enterprises Limited

Jazmín

Cuando llega la pasión
Melissa McClone

La diseñadora de vestidos de novia Serena James no se conformaría con nada que no fuera perfecto y eso incluía al hombre con el que algún día se casaría. Kane Wiley no cumplía ninguno de los requisitos... salvo que era increíblemente guapo.

Donde más cómodo se sentía Kane era en el cielo. Para el piloto, la libertad era no comprometerse con nadie. Pero un día, mientras llevaba a Serena a una convención, se vio obligado a hacer un aterrizaje de emergencia.

Estaban juntos, solos y pasaría algún tiempo antes de que alguien respondiera a su llamada de socorro...

Quizá no fuera su ideal de hombre, pero ninguno de los dos podía negar la química que existía entre ambos

Deseo™

El corazón del millonario

Maureen Child

La noticia de que el romance con Jenna Baker había desembocado en el nacimiento de dos preciosos niños fue muy difícil de digerir para Nick Falco. El magnate nunca se había considerado de los que sentaban la cabeza, pero ahora que sabía que era padre tenía intención de darles su apellido a sus hijos.

Pero Jenna no estaba dispuesta a dejar que regresara a su vida... a menos que dijera aquellas dos palabras que Nick no había pronunciado jamás.

El corazón del millonario
Maureen Child

No pensaba dejarlo volver si no era por amor